U0478897

有一种力量，叫文学；
有一种美好，叫回忆；
有一种感动，叫青春；
有一种生命，在鲁院！

白发亲娘

许震 ◎著

鲁迅文学院「百草园」书系

娘是故乡，故乡是我的娘
失忆的娘早已忘记我是她的儿郎
遥远的故乡正在我生命的那头飘荡

江西高校出版社

图书在版编目（CIP）数据

白发亲娘 / 许震著. —— 南昌：江西高校出版社，2021.1

（鲁迅文学院"百草园"书系）

ISBN 978-7-5493-9837-9

Ⅰ.①白… Ⅱ.①许… Ⅲ.①散文集—中国—当代 Ⅳ.①I267

中国版本图书馆CIP数据核字（2020）第042314号

出 版 发 行	江西高校出版社
社　　　址	江西省南昌市洪都北大道96号
总编室电话	（0791）88504319
销 售 电 话	（0791）87919722
网　　　址	www.juacp.com
印　　　刷	北京一鑫印务有限责任公司
经　　　销	全国新华书店
开　　　本	700mm×1000mm　1/16
印　　　张	16
字　　　数	220千字
版　　　次	2021年1月第1版 2021年1月第1次印刷
书　　　号	ISBN 978-7-5493-9837-9
定　　　价	45.00元

赣版权登字-07-2020-173

版权所有　侵权必究

目录 Contents

第一辑　根之源：
娘、故乡和愈飞愈远的记忆

白发亲娘 ·· 2
一片高高的林 ···································· 6
心中只有一个亲娘 ······························ 10
岳父走了 ·· 18

第二辑　茎之茁：入水的长城

走向绿色 ·· 24
入　伍 ··· 25
新兵下连 ·· 27
新兵连轶事 ······································· 30
起　床 ··· 33
肩　章 ··· 35
敬　礼 ··· 37
臂　章 ··· 39

集　合	41
倒　功	43
谈对象	45
打电话	46
团结问题	48
讲究谦让	50
枪	52
迷"网"	53
军　装	55
军　歌	57
军　号	59
老　乡	61
评功论奖	63
打勾击	65
打扑克	67
唱　歌	69
下象棋	71
外出纪事（一）	73
外出纪事（二）	75
齐　步	77
女　兵	79
迷"彩"	82
军　帽	84
军旅留言	86
呼　号	88
分　工	90
病号饭	92
正　步	94
叠被子	95
缝军被	97

战　友	99
早　操	100
谈　心	102
入　党	104
民主测评	106
立　正	108
老兵退伍	110
揽　过	112
拉　歌	114
救　人	116
津　贴	118
个人卫生	119
冻　疮	121
点　验	123
绰　号	125
保　密	127
班务会	129
班　长	131
兵	133
班	135
掖被角	137
想　家	138
投　票	139
稍　息	141
荣誉室	142
亲属来队	144
冒　泡	146
马　扎	147
跑　步	149
开小差	151

规　矩……………………………………	152
打　的……………………………………	154
出公差……………………………………	155
警容风纪检查……………………………	156
苦　累……………………………………	158
请　假……………………………………	160
考军校……………………………………	162
帮　厨……………………………………	163
士　官……………………………………	165
黑板报……………………………………	167
点　名……………………………………	169
战　备……………………………………	171
家属房……………………………………	173
军　嫂……………………………………	175
体能训练…………………………………	178
单　杠……………………………………	180
流动红旗…………………………………	182
18岁………………………………………	183
射　击……………………………………	185
习　武……………………………………	187
包水饺……………………………………	189
五公里越野………………………………	192
喜　报……………………………………	195
士　气……………………………………	197
关　爱……………………………………	199
欣　赏……………………………………	201
压铺板……………………………………	203
处　分……………………………………	206
梦里挑灯看剑……………………………	208
痛苦的选择和选择的痛苦………………	212

第三辑　叶之风：
白发站立成岁月的拐杖

秋天与公安文联的成立……………………216
生为社区民警，活在社区群众心间
　　——观左利军事迹有感………………218
琐碎凝聚力量，平凡铸就忠诚
　　——评电影《社区民警故事》…………220
读蔡诗华兄和他的诗………………………223
10月，一段幸福的记忆……………………229
长征不休……………………………………231
我以我笔写我心
　　——我与我的长篇小说《警察日记》……235
小说说什么
　　——浅谈自己的小说创作………………238

第一辑　根之源：
娘、故乡和愈飞愈远的记忆

白发亲娘
一片高高的林
心中只有一个亲娘
岳父走了

白发亲娘

"小嘞,你就算再大,也是我的儿子!"对于娘的一次次唠叨,我感到烦躁不安,甚至有些愤怒,气冲冲地从家里跑出来。在我即将冲出家门的时候,娘甩出了这样一句话。

"是您的儿子怎么着了?是您的儿子,您就老在我的耳旁嘤嘤嗡嗡地叫个不停呀?"虽然我心里想了这些恶毒的话,但没有说出口,因为,她是我娘啊。

这是一个深秋的傍晚,叶子吐着血,"嗖嗖"的风从我的耳边吹过,淡淡的云彩在空中飘荡着。这时,我才想起出家门时衣服穿少了,开始打寒战,牙直打哆嗦,怒气也消了不少,便想着往家赶。

突然我的电话响了,是娘打来的:"小嘞,你冷吗?衣服穿少了吧?我给你送去!"

娘已经82岁了,前些年因脑血栓落下了后遗症,腿脚有些不灵便。

"好啦好啦,您在家待着就行了,别给我添乱了!"听说娘要给我送衣服来,我心里没有一丝儿感激,烦躁情绪反而又来了。

"我都多大了,您还这样操心?"我心里想。

是的,我已经不小了,四十有三,我儿子都13岁了。

在冷风的催促下,我一步紧一步地往家赶。

来到家门口,娘正抱着我的风衣,蹒跚着想下楼,防盗门已经锁好了。

"我说不用不用，您怎么就不听呢？"我不耐烦地说。

"你不是俺儿吗，要不谁管你？"娘并不示弱，甚至理直气壮。

"一天到晚都是俺儿俺儿的，你有完没有？"

"没完，没完，没完！"娘一连说了三个"没完"。

我伸手摸向自己的裤兜。坏了，没有带钥匙！

"娘，钥匙您带了吗？"我叫了一声"娘"，娘怔怔地看了我一眼，上下打量着我。

娘从山东老家到我这里住一年了，我有三个月没喊"娘"了，一般情况下都是用"您"字代替。"呀，我也没有带！"娘摸了摸上衣口袋，又摸了摸下衣口袋，有些局促不安。

"也真是，出门连钥匙都不带！"我盯着娘。

"我真是老糊涂了，老糊涂了……"娘拖着有些不便的腿，在楼道里转圈，自责起来，一脸的无奈。

"喂，你什么时候下班，我出门忘带钥匙了！"我拨通了妻子的电话。

妻子应该还没下班，或者正在回家的路上。

"是不是你娘出门又忘带钥匙了？她可不是第一次了！"妻子在电话中埋怨。

"不是不是，咱娘还在家被反锁着呢！"我急忙说。在妻子与娘发生矛盾时，我总想站在我该站的那一边，即使撒谎也想让她们感觉舒畅些。话语中，我已经感觉到了妻子对娘的不满。

妻子与娘的关系，开始还不错，但是时间一长就不行了。

娘刚到我家来住的时候，正好赶上我搬新房。120多平方米的大房子，富丽堂皇的装潢，娘看了惊奇，妻子看了欣喜，连班都不想上了，天天就愿待在家里。

妻子是一位人民教师，把家收拾得干净而舒适。娘年龄大了，腿脚又不太灵便，走路的时候怕摔倒，总爱扶墙。一尘不染的新墙，被娘按上了一个个手印，特别是负责照明的开关处，被娘无数次地按过之后，出现了一片片的黑渍。

妻子不高兴，装修这房子花了五六万块钱呀！这是妻子一年的收入！妻子把愁云画在脸上，一有空就冲我发牢骚，甚至发脾气。

我儿子也不高兴："奶奶，看看你给弄的。"

娘听了，不说话，低着头，垂着手，像一个犯了错误的小学生。

我能说什么呢？她是我娘啊，她也不愿意把墙弄脏啊。是娘老了，没办法啊。其中的委曲，只有我自己知道。

我如风箱中的老鼠，在家时处处受气。开始的时候我还能忍受，悄悄地做妻子和儿子的工作。我对儿子说："谁都有老的时候，你奶奶到了风烛残年的年纪了，你老爹不管谁管？儿子，你奶奶这辈子不容易，把我从砖一样长的孩子一把屎一把尿地拉扯大了。我不能翅膀硬了就把自己的亲娘忘了，对不，儿子？"

娘把墙摸黑了，我可以擦，可是她的一些习惯连我都接受不了，更让妻子尤其是儿子厌恶。

娘总是在吃饭吃到最后的时候，看到我们谁碗里的粥没有喝净，她端起来就喝，并由衷地说："吃了不痛，瞎了痛！"然后，再将中指弯成"V"状，在碗里转一圈儿，刮下粥放到嘴里，"吱吱"地吸舔干净。

"娘，干什么呢？我堂堂的正处级干部，难道缺这点儿，难道管不起您一顿饱饭？"我不止一次地劝说过娘。

娘说："你是没有挨过饿。1958年的春天，村民饿得吃麦苗儿，后来连树皮也吃光了，大家就只能吃'阎王土'（老庙里的土），吃得浑身肿得发亮，跟灯泡一样。村里死了不少人，你大爷就是那年饿死的。"

听了娘的一席话，我理解了娘。

娘如厕时，舍不得用马桶里的水冲，说用这白花花的水怪浪费的，非要等着用洗碗水或洗衣服的水来冲。更令我难以接受的是：便后，娘用的纸都是我们用过后的空白部分！

"娘啊娘，您儿子就缺这点擦屁股的卫生纸吗？"

我悄悄说过娘，娘就是不听，反而说："家里再有，也不是白来的。""有的时候要想着没有的时候，不要没有了才想办法。"

妻子与娘的矛盾越来越大，有几次甚至吵了起来。

儿子对奶奶也有意见了，经常对我们说，他的那些坏习惯都是跟奶奶学的。

一直把"孝"字顶在头顶的我，也坚持不住了。

那是鲜花烂漫的5月，我因为协调娘与妻子和儿子的关系身心交瘁，实在顶不住了，决定把娘送回老家的哥哥家。

在送娘回山东老家之前，我带着娘去了一趟颐和园，爬上了万寿山。

那天，天高云淡，微风吹拂，湖水轻轻地拍打着堤岸。

娘高兴极了，脸上有了孩子般的烂漫与天真，一路上与我聊个不停。

娘说："小嘞，你看到天上的云了吗？"

我说："娘，我看见了。"

娘说："小嘞，你看到云彩上的眼睛了吗？"

我说："娘，我看到了。"

娘说："我在农村割麦子时也见过这样的云，怎么和咱老家的一样呢？"

我说："娘，天还是那天，云还是那云，说不定这云会随着您走呢！"

我搀扶着年迈的娘，慢慢地徜徉着。娘儿俩一路上高兴地聊着，忘记了时间和空间。在娘的身边，幸福啊！

那天，娘的脸红扑扑的，似乎有了做姑娘时的羞涩。

"七十三，八十四，阎王不请自己去。"娘在84岁那年，安详地驾鹤西去了。

云，云，天上的云，在空中飘荡。在娘祭日的那天，我又见到娘指给我的那片云，还有云眼。

我的眼眶中满含泪水。

一片高高的林

我的心中有一片林,那是我灵魂的圣地。我常常想起它,一想起它,便泪如泉涌。但我却从不敢向人提起它,因为觉得它太神圣、太崇高了。

我的父亲就葬在这片林中。

北来的风,没有吹醒他;南来的雨,没有浇醒他。他静静地躺在这里,如冬日肃穆的雪。

这里曾经是一片光秃秃的黄土地,在他去世的第二年,村里人在他的坟周围,植满了树。如今密密麻麻地长起来,高高地耸立起来,如一把把撑开的伞,即使冬日斑驳的阳光也极少射进来,夏日则黑洞洞的,只有凉凉的风在林间穿行。

每年的正月初二,我都要到这里来,放一挂鞭炮,燃一沓纸钱。青青的烟升腾起来,蝶一般的纸灰飞旋起来,我的泪就潸潸而下了。

我的父亲没上过一天学,不懂得很深的道理。祖父留给他唯一的家业是老林地(只有本姓最穷的人才有权耕种)。在我的记忆中,他只给我讲过一个故事,说是邻村有一家姓刘的,生了八个儿子。前七个儿子都很争气,中秀才的中秀才,中举人的中举人,只有第八个儿子不争气,整天提着鸟笼子满街乱逛。刘家爹便趁八儿子熟睡之际,用榔头把他的头砸烂,埋在自家的榆树下面。父亲对自小还算聪明的我是极器重的,幼时的我也极乖,把趴在小学的窗棂子上听来的"小九九"以及不明白意思的"a、o、e、i、u、ü"背给他听,因此常常得到他的夸奖。特别是亲戚朋友到我家玩的时候,他往往喊住我，让我背给人家听。人家夸奖我的时候，他常常得意地笑，然后把他们桌子上下酒用的菜，夹给我一小口，说一声："小孩子家，到一边玩去吧！"这是我最骄傲的时候，妹妹总是流着口水围着我喊哥哥。父亲夹给我的菜，我从不一口吞下，只是在嘴里滤来滤去，让它自己化掉。等化得没啥味了，再细细地嚼。父亲爱我、宠我。他总是把赶集带回来的花生、包子先给我吃。他希望我成为有用之材。他常说："那时咱家穷，我小时候没有条件上学，现在你要好好读书啊！"我刚满6岁，父亲就教我打算盘。这时候，他不许任何人打扰我，妹妹常常被他吼哭，母亲也因此遭到过他的训斥。后来，我上学了，每捧回一张奖状，他都高兴地用胡子蹭扎我，给我买些好吃的东西。但是，我也被父亲打过。那年秋后的一个下午，我爬上房顶，见邻居的一个老太太撅着屁股尿尿，便好生奇怪：她为什么不像我一样站着尿尿呢？便喊了一声："看我的。"站在房顶上撒了尿，正好尿在那老太太的头上。老太太哭骂着找到我家，向我父亲告状。第二天中午，父亲让我过去，说给好东西吃。我一到他跟前，他揪起我的头发就将我摔在地上。我还没来得及哭出声来，只感到脑袋"轰"的一下，再也没有感觉了。等我醒来时，天上的星星已睁开了眼，母亲坐在我旁边攥着我掉下的牙和头发哭着，父亲坐在椅子上，抽着纸烟气呼呼地说："不要这样的孩子，也不养这样的废品！"

父亲在我家是绝对的权威，他说的话我们要绝对贯彻执行，母亲也不例外。据说，父亲年轻的时候，参加过解放军，还当上了班长。因为他每次临走归队时，他母亲和姐姐坐在炕上哭的情景，常常令他不安。他找到连长，连长说，如果他独自攻下炮楼就让他回家。那夜，他喝了一斤酒，嘴里衔着葫芦泅过黄河。他砸死了哨兵，趁鬼子睡觉时端了他们的窝。当他踏着晨曦，背着一大捆枪归来时，连长要给他报功。他说不要，他只求连长兑现承诺。连长答应了他。后来，他有时会提起这件事，总是说，要不是他娘和姐，说不定他也能当个师长旅长呢！

在外边，村里人都敬畏他，他当过十几年村干部，直到现在，以前的老五保户一提起他还落泪，直嚷："那可是个好人啊！下雨前他总要查一查我的房子，下雨时他总要亲自去看看漏不漏。"一个姓王的人，当年带着一家子露宿街头,是父亲给他们找房子住下,才扛过了1959年的冻饿。后来,他一直喊我父亲为干爹。但是,父亲也因为自己的高威信得罪过人,甚至被挂着牌子挨了批斗。1975年夏天的一个中午,生产队里来了几个人,说是村支书找他。接着,全村人就集中在村头的老椿树下,父亲被捆绑着,带上一顶高高的帽子,插上了一个"现行反革命"的牌子。生产队长站起来:"他带头替地主分子说话,还敢顶撞我。顶撞我,就是顶撞生产队;顶撞生产队,就是顶撞革委会;顶撞革委会,就是破坏'无产阶级文化大革命',我们就要坚决和他斗争到底!"原来,那天上午干活时,大家发现一垄地瓜种得不合格,其实这不是那个地主分子干的,而队长却说发现了阶级斗争新动向,非让地主分子承认是自己干的。父亲看不过去,和生产队长顶了几句,群众也随着父亲顶了生产队长。生产队长灰溜溜地跑了,找到了革委会主任那里,说要抓父亲这个典型,要斗斗这个地主分子的包庇者,斗斗这个造"无产阶级文化大革命"反的带头者,给群众个下马威。那日,父亲很晚才回家,回家后他的情绪极坏,头上还流着血。

从此父亲得了一种病,他常常坐在床边抽闷烟吐浓痰。痰稠稠的,亮黄亮黄的,往往带一两道血迹。那时我刚满7岁,又是生就的"捣蛋鬼",常惹他生气。他一生气就打我,他一打我,我就跑。一次,我惹他生气后就往外跑。他在后边紧追,躲闪不及,撞在了墙上。他的病情更加严重了,后来不得不住进了医院。

自从父亲住进了医院,我就没有见过他。一天,我在河边摸鱼,听到远房的叔叔急匆匆地边走边说:"挂着瓶子时还'呼哒呼哒'地喘气,瓶子一摘就完了。"那时的我,尚不知"完了"是怎么回事,更不会想到父亲竟一去不复返,放下手中的鱼儿,就和小伙伴去掏鸟窝。我抱着小鸟回家后,母亲用红肿的眼睛瞪我,疯一样地跑过来,扭着我的耳朵高高地提起,哭喊着:"你爹死了!"

父亲其实死于哥哥的一句话。前一天,哥哥说了一句令父亲生气的话,父亲的脸涨得通红,没有发作。半夜,他突然从床上掉下来,哥哥把他抱上床,接着去喊医生。医生说,晚了,他同时得了两种病——心肌梗死和脑出血。

父亲死了,我流了很多泪,哭哑了嗓子。我永远也不能弥补的遗憾是:出殡的那天,昏倒的我被人掐着人中从路上抱回来,竟没有到他的坟前!

父亲走了,抛下了他9岁的儿子走了。9岁的我开始体会到没有父亲的滋味,开始认识人生和社会。虽然当时,我还不知道父亲的具体含义。

父亲在世的时候,里里外外的事都是他管,母亲是一个纯粹的家庭妇女。他的去世把母亲推上了一家之主的位置,母亲开始无所适从。地分到了每家每户,但我家地里的大活,母亲干不了,为了活下去不得不求人。开始的时候,人们因为我父亲的面子,或为了感谢,或可怜我们母子,都是有求必应。后来,这样的人越来越少,有的人甚至开始落井下石。先有不知哪家的贼偷我家地里的庄稼;接着有个邻居趁母亲下地干活的时候,偷走了我的学费;更有的人,看我母亲回家吃饭了,偷走了地头上的锄镰锨。我家如风吹茅草的破屋,瑟瑟抖动着,母亲在风雨中哭着,叫着……

手头拮据得要命的母亲,很难掏出我上学的学费。放学后,我不得不为十几元的学费而打猪草,手被戳破了皮,此外也常常逮些小鱼,让母亲提到集上卖掉。我家的日子越来越清苦了,曾经被视若"神童"的我,学习成绩也每况愈下。街坊邻居再也不以从前赞赏的那种眼光看我了,几个好心的婆娘看到我身上又脏又破的衣服,用袖子掩住我,偷偷地抹泪。有的老人教育孩子常说这样的话:"你不要惹老子生气,气死了你老子,就像谁家的谁谁一样!"一些没有教养的孩子,也开始欺负我了。一个依仗自己的爹是乡团委书记的女孩子,在别人夸奖我能吃苦学习好的时候,竟妒忌地骂我"没爹的!"我火了,不顾一切地扑上去,打了她一顿,骂了她一句"多爹的!"事后,这个女孩的爷爷奶奶,哭着骂着跑到我家,让我母亲给她赔礼,并扬言见了我就揍我!

父亲走了,躺在那个世界里已经整整15年了,我已成长为一个顶天立地的汉子,一个用钢筋铁骨铸成的武警警官。那一片高高的林,是一片挡风蔽日的林,是一片遮沙纳凉的林。它高高地矗立在我眼前,让我想起父亲,想起那个曾经风雨飘零的家。

林是父亲的化身,我是那片高高的林的儿子。

心中只有一个亲娘

2014年6月中旬，我携妻将子踏上故土的时候，再次泪眼模糊了。

年近七旬的大哥，一遍又一遍地在娘面前念叨："娘，这是您的五儿，您的五儿带着老婆孩子从北京来看您了。"

娘看看我，笑笑，再看看我，笑笑。大嫂子手指着我，问娘："他是谁呀？"

娘又是笑笑，然后露出唯一的门牙，蠕动着上下嘴唇，用双手摸着我的右手，拉住我，问："俺就是好忘事，他大哥，你是谁呀？"

我疑惑了，甚至有些恼怒。"娘，我是您的亲儿子呀，您的第五个成年的儿子！怎么成他大哥了！"

大嫂子看我脸色有些不对，赶忙解释道："兄弟，咱娘身体没有什么大毛病，就是不记事。那天，喊他亲孙子都喊他大哥。"接着，大嫂子顺着娘的历史捋开了，问道，"娘，您家在哪里？生过几个孩子？有几男几女？谁在北京，谁在聊城？"

娘一概不知，一再摇头，说："俺就是好忘事，俺不知道。"

娘啊娘，您怎么了，前年春节的时候，您还一眼认出了我是您的第五个儿子。当我把200元的压岁钱送给您时，您还像一个孩子一样有些害羞地笑呀！时间仅仅过了最多一年半，怎么您就不记事了呢？

一

去年比这时稍晚一点的时候，我正在单位加班，准备党的群众路线教育实践活动的相关材料，从来没有因为母亲的事给我打过电话的四哥，突然来了电话："兄弟，抓紧回来一趟吧，咱娘已经不省人事，身体可能不行了！"

怎么可能呢？娘不是挺健朗吗？半年前，我陪她老人家过年，还噔噔地一口气从五楼到一楼，随我去放鞭炮。半月前，我给她老人家打电话，她还一个劲地说："你不用老挂念着我，我身体一点毛病也没有，挺能吃饭。"一周前，我还和三嫂子通过电话，三嫂子说娘的身体挺好，想回老家，到大哥家住一段时间。怎么一周刚过，竟有如此噩耗？

我情急之中拨打了三哥的电话，边哭边问三哥："是不是咱娘身体已经不行了？"

三哥问："谁说的？"

我说："四哥。"

他说："不可能。一周前，刚送到大哥家。"

"七十不留宿，八十不留饭，九十不留坐。"已经八十有八的娘，身体不行了是正常的事。但是，多少总得有个预兆呀。我想，不可能突然就不行了。

我打电话给三嫂子。嫂子说："娘的身体确实不行了，不但说不了话，连人都不认得了，现在处于昏迷状态，住进了东昌人民医院。"嫂子还说，"因为你三哥的工作太忙了，没有敢告诉他。"是她直接把娘送到了她亲弟媳妇工作的东昌人民医院。

的的确确我的娘是病了，且是病入膏肓，病得不省人事，病得随时都有可能进火化场。我的泪"哗"地流下来了。

一想到我的娘即将离开人世，我的泪就顺着自己的面颊往下流，从东直门到蒋宅口，从芍药居到林萃桥，我一直在流泪，大哭了三次。有一次，我在公交车上坐了一站就下来了，把脸贴在树干上，两只手搂着树干呜呜地哭。

我哭得天昏地暗，好像一个迷路的找不到家的四五岁的孩子，我不知道自己身在何处。我忘记了路人，我忘记了自己的身份，我忘记了自己是一位40多岁的汉子，只知道不停地流泪，只知道自己只有一个娘，只知道我还没有真正地静下心来，对我的娘实实在在地尽一次孝。

娘就是我的天，我决不能接受子欲养而亲不在的事情。已经晚上8点多，我先告知了老婆孩子关于娘的病情，又向单位的领导请了假。北京的警察出京必须提前打报告，但我们的领导说："你先回去处理事。等回来，再补个请假条就行。"他还说，"你先别激动，说不定你母亲的病情没有那么严重呢，你哥可能在吓唬你。"我知道我的领导在宽慰我。

不知道什么原因，领导说这些话的时候，我冥冥之中感到我娘这次不会远走，我欠她老人家的太多，还没有偿还，我还没有真正做到作为儿女应当做的事情。我听到娘在炊烟中呼唤，我看到娘在空中向我招手，不是在作别，而是要我去救她。她正处在危难之中，她的气数将尽，她的生命之灯正在风中摇曳。

我的泪止不住地往下流，我奔跑着，我匍匐着，我双膝行地，我双手扒开人群、汽车，甚至行云，我拼了命地往家赶。我的眼泪突突地涌出，顺着面颊，顺着鼻翼，顺着我的手指，似趵突泉水。

我老婆把儿子从篮球场上接回来，慌慌张张地准备行李，四处借钱。在医院工作的她，知道这个时候能救老人命的，除了医生高明的医术、亲人的呼唤关爱，就是那些红彤彤的人民币。儿子在上幼儿园之前是我娘看着长大的，娘对她这位最小的孙子有着极深的感情，我每次打电话，她都要问这问那，生怕我们"虐待"她的亲孙子。

妻子劝我说："你别着急，也别哭，说不定咱娘就是想孙子想得呢？咱儿子往她老人家面前一站，老娘就立马好了，立马能走路会说话了。"

但愿如此，我祈祷。

二

夜里10点多，从北京到聊城的汽车没有了，火车也没有票了，我急得像热锅上的蚂蚁。我不停地打电话求助，从亲戚到朋友，从同学到战友，凡是与火车站有联系的人我都想到了，都想方设法和他们联系。我不知道打扰了多少战友、同学和朋友，也不知道打了多少通电话，手机的后盖热得烫手，手机的电量由绿变红。我的心由热变凉，面颊的泪痕结痂隐隐作痛，眼睛红得像猫眼，怕光怕风。

三

娘静静地躺在朝北的一间病房里，浑身插满了管子。污物桶里放满了棉花套子和卫生纸。娘已经大小便失禁，妹妹一边默默地流泪，一边小心翼翼地帮娘擦拭着下身。都说闺女是娘最贴心的小棉袄，这一点在这个时候体现得最明显。

我跪下来，轻轻地伏在娘的耳旁，轻声呼唤着："娘，娘，我的亲娘，我回来了。"我怕我的娘走远，我怕我的娘再也听不到我的呼喊，我怕我娘闻不到吃不到我从北京各大超市搜罗到的各地小吃和水果。娘，我要尽我的孝心，我要偿还我欠您的债。

不说您十月怀胎的辛苦，不说您的哺育之恩，不说我生病后您焦急的守望，单说我小的时候您有多少次给我擦屎把尿，在农村最寒冷的冬夜里，您把我裹在肥大的棉裤腰里，让我光着身子贴着您最温暖的腹部去茅厕。

娘啊娘，您那温润的腹部一直温暖了我40年，您那温润的腹部一直让我有一颗感恩的心，您那温润的腹部一直照亮着我前行的路。我知道，那温润的腹部是给我生命的地方，是给我希望的地方，更是让我终生不能忘怀的地方，那是黑夜里我头脑中唯一的一簇火苗。

我跪着行走，用手擦去我流出的眼泪和鼻涕。娘，我要尽一点儿女手脚健全时的能力，为您轻轻擦拭一下。什么男女有别，授受不亲，娘，在我懵懂无知的时候，您给我擦拭了好多年，在您弥留之际，我照顾您一晚上行吗？我拿起卫生纸，轻轻地抬起娘的大腿。

"哥，有我呢。"妹妹轻声地说。

我仍执意要擦。妹妹突然大怒，一把抹去快溢出的泪水，咬着嘴唇，斩钉截铁地说："哥，只要我还活着，娘的这些事就用不着你来管！"

大哥用力把我拉到了一边。我理解妹妹对娘的感情，也理解她此时对我这个哥哥的语气。妹妹是我娘生的孩子当中排行最小的一个。我父亲去世得早，我在外上学和当兵的好几年中，是妹妹和娘相依为命，虽然有哥姐的照顾，但是哥姐都已经成家，每个人都拉扯着两三个孩子，照顾娘和妹妹的精力能力十分有限。妹妹还没有长大，娘已经老了，妹妹就成了家里的顶梁柱。现在网上有种"女汉子"之说，我想她们与我亲妹妹比差得很远。妹妹在还没有成年的时候，就承担起了家庭重担，和近60岁的娘一起给棉花施肥打农药，和娘一起去耕种自留地和责任田。妹妹成年之后，远嫁他乡，工作较忙，常常是只有逢年过节才有时间回来看望一下日渐衰老的娘。不过，在我的记忆里，在我们兄妹当中，娘念叨最多的是妹妹，妹妹也思念着她已经十分苍老的娘。

当年，在这个残缺破败的家庭中，本应由我这个大一些却尚未成年的男人，充当这个家庭的顶梁柱，我却没有能够勇敢地站出来，去为年幼的妹妹挡风，去为已经衰老的娘遮雨。我是一个懦夫，我是一个混蛋，我是一个因爱读书有些自私的小男人。我十分愧疚和自责。

我深深地知道，我欠妹妹的情很多。我怯懦地躲开妹妹的视线，悻悻随着大哥手的力量站起来，立在了一边。

大哥说，娘到他家的头几天好好的，不知道什么原因，到第六天的时候，娘突然拉起了肚子，而且是一拉便不可收拾。娘吃了乡镇卫生院的不少药，可就是不管用。到了第七天，绿头的苍蝇一个劲没命地往娘住的屋里钻，嘤嘤嗡嗡，没完没了。大哥不停地用苍蝇拍打苍蝇，地上掉了黑压压的一层。最后，实在没有办法，只得给娘落下了蚊帐。有了蚊帐，绿头的苍蝇就往蚊帐上扑。村里的一个老太太说，娘的眉头纹都开了，男怕穿靴女怕戴帽，看样子娘快没命了，"能通知的就通知吧，把她生的儿女全叫到她跟前，让老人走得安心些。"

"弟兄们把娘送到我这里来的时候好好的，一个星期刚过，娘就毁到我手里了，我这个当老大的怎么在村里做人呀！"大哥边说边后悔，好像娘的病就是他给传染的一样。

我痛恨大哥说的绿头苍蝇和娘的故事，我痛恨那个老太太说的娘已经快没命的话，对着大哥发了火："别说这些没有良心的话，那可是你的亲娘！那可是一把屎一把尿把你养大的亲娘！"

四

时间一分一秒过去，我的娘仍然处于昏迷状态，大小便仍是失禁。妹妹已经一天一夜没有合眼，已经一天一夜没有喝一口水，吃一颗粮食，一遍又一遍地轻轻地帮着娘擦拭她的身体。妹妹的眼中没有了泪水，目光呆滞，行动迟缓，听不进任何人的规劝，容不得任何人再碰一下我娘的身体，好像她活着的全部意义就是把娘的身体擦干净。

娘，我亲爱的娘，您醒醒吧。您再不醒，我的妹妹就要疯了，她还有她的儿子，她还有深爱她的丈夫，也还有等待着她孝顺的公婆。

我单位的领导一个劲地给我打电话，问我娘的病怎么样了，需不需要组织上帮忙。

第二天中午，查房的医生告诉我们："这个年龄的人如果昏迷过久，常常会导致脏器衰竭。脏器一衰竭，人就彻底完了。现在，救老人有这么一招，给老人输血浆和蛋白，血浆和蛋白都价格不菲。输了血浆和蛋白，也许能给老人治好病，但你们先别急着高兴，如果治不好，有可能人财两空。你们自己想想。"

"我不想了，医生，我只有一个亲娘。作为她的儿子，即使需要抽我的血浆和蛋白去救她,我也会奉上。我娘生了我,养了我十几年,我不能不感恩,我不能没有良心,更不能做白眼狼。"

流了十几个小时的泪,坐了一夜火车,已经迷迷糊糊的我,对着医生和我的妻子说了这么一段我有生以来最清醒的话。我的妻子知道我的脾气,除了留下回京的路费外,把带来的钱全部付了娘的医药费。这些钱有我妻子临回聊城时仓促从楼下邻居那借来的,也有我一家三口的一个月的生活费。

不知道是上苍被妹妹的孝心所感动,还是得益于医生高超的医术,或是娘生命力顽强,在我们的呼唤下,已经88岁的娘,输完血浆和蛋白后不久,脸色渐渐地变得红润,很快就能吐出一两个完整的词了。

五

这次大病之后,娘的自理能力受到很大影响。

娘能把七个孩子养大,七个孩子不能养不了一个老娘。哥姐们商量,并立下字据:老娘由我们兄妹七人共同赡养,大家给老娘每月凑3000元人民币,日常起居由大哥和大嫂照料,其他兄妹除我外每月必须前来看望,要求我每年要回来看望老娘两次,每月要比他们多交100元赡养费。

六

儿子说:"奶奶,奶奶,笑笑,笑一笑。"我娘笑了,笑得很爽朗,很开心。"咔嚓"一声,儿子给我们娘儿俩拍了一张十分珍贵的照片。我把我娘笑得十分灿烂的这张照片发到了朋友圈,配上文字:"前天归乡,两眼汪汪,老母失忆,唯有亲娘"。立即引来上百位朋友的问候和祝福。

北京的评论家刘辉老师留言：抓紧尽孝，不留遗憾。

战友张正新留言：好好珍惜呀，哥哥。

济南市公安局的著名诗人苏雨景留言道：祝福母亲。

昌平公安分局的战友侯玉杰留言道：老妈笑得很开心，这就够了。

《北京文学》副主编张颐文老师留言道：她这样是一种幸福。

鲁迅文学院我的师妹刘丽留言道：归于平静，是另一种幸福。

我深信所有师友的留言和劝慰都是真诚的，我深深地感谢他们，向他们鞠躬致谢。

娘已经很老了，老得忘记了一切，所有的痛苦、悲伤、屈辱和幸福，包括从哪里来、又将要到哪里去，在她面前已经不值得一提。

但是，我想，我的娘虽然不记得我，不知道生没生过我这个儿子，更不知道我是她的第几个儿子，但我记得我的娘，我记得我从哪里来，永远记得。不管我的娘是否永远失忆呆傻，或大小便失禁，就算生活再也不能自理，我心中只有一个亲娘，我要为我的娘尽孝，我要为我的娘养老送终。

岳父走了

岳父死了，这是不争的事实，可我怎么也不相信。

有时走在黑夜里，没有灯光、月亮和星星，他时常露出脸来，冲我嘿嘿地一笑，说句我熟悉得不能再熟悉的乡音土话。躺在沙发上或床上，恍惚之间，我看见他拄着拐棍走来走去，抑或坐在村口，等待着经过他村的公交车，眼神渴望而焦灼，激动而兴奋，咧开嘴，露出褐黄得几乎没有光泽的牙："许震来了！"

今年7月23日，我又一次来到岳父所在的村庄。走出公交车的时候，没有了"许震来了"的声音，不免有些神伤，他去哪里了？怎么没有来接我呢？才反应过来，唉，这次从北京来不是给他老人家上坟的吗，他怎么会来接我们呢？不过，从阳光的缝隙中，我仿佛看到了他坐在他曾经坐过的地方。

岳父确实死了，整整3年了！他坟头上已经长满了荒草，曾经硕大的坟头秃得只剩下小土包了，半人长的玉米秆已经完全将他深深遮盖，认识他的人才知道这里埋藏着一个平凡而伟大的灵魂，不知道的人还以为是农民田间地头积的一小堆土肥。坟头的后面，有农民浇地用的一米多深的水沟。生前一直养鱼的他，在那个世界里，说不定正在放养着他的鱼群。棺材是他遮风挡雨的渔屋，坟后流淌的溪水是他的鱼食，啪啪拔节的玉米、高粱、大豆是他养育的草鱼、青鱼、鲤鱼！

一

岳父，我第一次这样称呼他。他在世的时候，我一直称他为叔，他死了之后，我仍称他为叔。他出殡那一天，我哭着喊了他一声："叔！"与我一同参加他葬礼的大哥，在我身后猛地拉了一下我的衣角，差点把我拉倒，"不能哭叔，要哭大爷！"怎么活着是叔，死了就成大爷了呢？我不明白，我仍哭我的叔。大哥恨恨地看了我两眼，从他嘴里吐出了四个字：不通事理。

他活着的时候，我喊他叔，那是我老家陈集乡的风俗，一般情况下，对于自己的岳父，比自己父亲大的喊大爷，比自己父亲小的喊叔。我父亲是20世纪20年代生的人，我岳父是40年代出生的，父亲至少比他大20岁，喊叔是没有错的。我向大哥说，他死了，我喊他叔，是因为在我的印象中，他一直没有死，在生活中我时常看到他的影子，也常在梦中与他聊几句。

岳父没有死，不只我这么以为，我妻子这么以为，就连他的一些乡邻也这么以为。这次来给他上三周年大坟，就碰见一位卖瓜的老农，捧着两个大西瓜直敲他家的门。我告诉他，老人已经走了，走得远远的，只剩下照片和他在我们头脑中的印象了。他有些疑惑："不可能吧，我才三年没有来卖瓜，他就死了？以前，我来这个村卖瓜的时候，每到他家门口，他都给我准备碗凉白开，我喝了他十几年的凉开水。"我郑重其事地告诉他："老人去世时61岁，今天正好是他三周年的祭日，不信，你跟我到他坟头上看看，他坟头上的草已经萋萋了！"我带着他来到岳父的坟前，他把手中的西瓜"啪"的一摔，跪在地上呜呜咽咽地哭起来："都说好人不死，你怎么这么早就走了呢？"摔开的西瓜像灿烂着的一朵大红花。

岳父确实是个好人，他生前开过自行车修理铺，打气筒随便用，三街五村都知道。他做过白铁电气焊生意，一年四季燃着个煤球炉，熟识的不熟识的人都喜欢在他的门口歇歇脚，喝口免费的水。我岳父说："人气就是财气，风水就是从善。"

二

岳父不会写自己的名字，也不认识自己的名字，却特别喜爱书法，乡邻的文人雅士写了字，他统统收藏，装裱后挂在中堂。对于他这种"附庸风雅"的做法，我向来嗤之以鼻，甚至讥笑他，他总是嘿嘿一笑，欣赏字画时，比文人还文人，双手捧着，两眼放着虔诚的光，一脸的羡慕与崇拜。

"苔痕上阶绿，往来无白丁。"岳父是个绝对的白丁，不知道学堂的门朝哪，没有上过一天学，不识一个字，交往的却净是些文化人，他的朋友从省城的大学教授到东阿各乡镇的名人雅士都有。小时候拉着枣树枝子要饭，想不到，他把枣树上的纹络都读成了汉字，读成了文化，正如他家中堂的那副对子："世事洞明皆学问，人情练达即文章"。他用他摸了一生铁器的手，诠释着对文化的崇拜。

只字不识的岳父是乡间的名人，方圆几十公里没有比他白铁活更好的人，再难的白铁活一到他手里就像变戏法似的，成品既美观又结实。走自己的路，让同行无路可走，周围七八个乡镇的白铁活，只认他一个人。别人白铁瓢三元一个，他卖两元一个，别人保修一个月，他保修一年。他的日子越过越红火，逢年过节他家的鞭炮最响，他家的天灯最亮，他的朋友最多，一些收空酒瓶的人，一周都要到他家两趟。

三

爹娘在的时候，故乡才是故乡，自从岳父逝世以后，我妻子常常以泪洗面，天天盼着黑夜来临的时候，在梦里见见他，聊些冬暖夏凉的问候，谈些人情冷暖的世故。我把妻子的情况，告诉了岳母。岳母说，她到他坟头上念叨念叨，让他别想她。岳母不知道到岳父坟头上烧过多少纸，也不知道念叨过多少次，但妻子依然行走在阴阳两界的隧道里，白天上班，晚上与他聊天。青丝缕缕的她，不到一个月，头上就出现了根根银发。

2006年底，岳父被确诊为肝癌晚期，按医生的说法，多说半年，少说三个月，他就要到另一个世界去了。其实，在1998年以前，就查出他患有糖尿病、肝硬化腹水、脑血管硬化之类极麻烦的病，常年吃药。我和妻子的工资逐月上涨，而我家的存款数却在一天天减少，妻子回她老家的次数一年比一年多。2003年，我从聊城搬到北京时，小到锅碗瓢勺，大到摩托车和电视机，全留给了他和岳母。岳父逢人就说，这是许震给他的。我成了远近闻名的大孝子，以至于他死后送白帖的人对我大哥说："像你弟弟这样的，十个庄八个庄找不出来！"

我对岳父的孝，是为了报答岳父的恩，不只是他对我妻子的养育之恩，还有对我的知遇之恩。我出身贫寒，父亲早逝，没有房子，兜里没有票子，身高没有一米七，体重达到了一百六，唯一可以称道的是我是部队的一名排级干部。岳父说："这孩子不容易，吃过苦，肯上进，没有房子可以买，没有票子可以挣。"妻子将信将疑地嫁给了我。岳父一分钱的彩礼也没有要，还给我买了电视机、洗衣机等一些家电。

岳父去世的前一天晚上，我妻子突然梦见自己的爹，变成了一个白胖娃娃。她问我怎么回事，我说："你爹的身体可能不行了。"她说，不可能，她打电话问过她弟媳妇，她爹病情有所好转。我知道这是回光返照，但没有说。事情正如我猜想的那样，2007年7月25日16点45分，他就断气了。岳父去世的时候，我和妻子都在北京各自的单位上着班。上午10点，他说想见见我们，就一直张着嘴睁着眼，16点，不知道哪一位乡邻说了一句，"许震他们可能赶不回来了。"岳父的嘴动了动，就永远地闭上眼睛。

四

  人终究是要死的。我坐在没有空调的房间里，汗水顺着后背洇湿了椅子，敲击三年来一直想写却没有写成的文字，不只是出于感恩，不光是一种怀念，更是一个不惑之人的认知：人活百岁，终有一死，关键是能让生者记得死者的好，让知道你的人知道，有一颗平凡而又伟大的灵魂在这个世间存在过。岳父就是这样一个人，卖瓜的老者记得他，用过他的打气筒的人记得他，他帮助过的亲友也记得他。

  岳父去世的时候200多斤，是被四五个乡邻抬着出去的。从火化场回到他家的时候，是被一个人捧着回来的。岳母问："人呢？"乡邻对着怀中的骨灰盒努了努嘴。岳母大喊一声，呜呜地哭起来。人死如灯灭，岳父一生打造了50多间房子，最后葬在只有巴掌大小的盒内。他的身体，他的灵魂，还有亲友对他的思念，都装在这个小盒里了。

  岳父不朽。艰苦奋斗的他，乐于助人的他，对文化崇拜的他，值得我永远纪念！

第二辑　茎之茁：
入水的长城

走向绿色
入　伍
新兵下连
新兵连轶事
　　……

走向绿色

天上没有云,幽蓝幽蓝的天空,格外高远。月亮像父亲收割庄稼的镰刀,静静地挂在枣树上。枣树已结了枣子,叶子在风中瑟瑟作响。我在心里拨弄着五弦琴,奏出徘徊的乐章。

起风了,苇塘的苇子哗哗地响起来,似有千军万马在厮杀。一阵阵荤腥味传来,突然让我想起了这样一句话:无兵不安。

是啊,走向绿色,走近祖国的长城!这个念头在我脑中一闪,便永远地定格了。融融的月光泻下来,冲洗着我刚才的犹豫,让我清醒了,明白了许多。

走,举起自己的旗帜,用青春去涂抹那片殷红吧!走了,一切按部就班地融进了这绿色当中。兵站上,呜呜咽咽,秋雨,也淅淅沥沥。在亲友的目光护送下,一声长笛拉开了我与家乡的距离。我把泪珠揉进心里,徐徐地拉上了沾满泪水的窗帘……

我没有和谁告别,没有到祖祖辈辈耕种的土地上,捧一把故土,甚至没有在父亲的坟前,说一声保重。就这样,随着一声沉闷的汽笛走了。

走进了绿色。

入　伍

　　"入伍"一词，与我国古代军队编制有关。我国古代军队里，五人为一伍，五伍为一两，四两为一卒，五卒为一旅，五旅为一师，五师为一军。从西周时起，军队就有按照伍、卒、旅、师、军编制的。那时，社会基层单位为"比"，五户为一比。征兵时，五户各送一名男丁，一比共送五人，组成一个伍，不管干什么，五人总是在一起。历代军队编制虽然不断变化，但"伍"的叫法一直流传至今，人们就把当兵称作"入伍"了。

　　有一首歌唱得好："东西南北中，我们来当兵……"好男要当兵，好铁要打钉。入伍不是入股，入股的目的是想分红，而入伍的目的是想把青春和热血献给祖国壮丽的事业，听党的指挥，守卫祖国的疆土，守卫人民的和平、稳定和幸福。奉献的职业永远是幸福的，也是永远让人记住的。当兵就意味着奉献，当兵就意味着幸福，当兵就意味着把健康写在身上，把理想雕入头颅，把英勇、果敢、顽强揉进自己的性格，当兵的经历就是人生取之不尽、用之不竭的财富！

　　这首歌唱得更好："什么也不说，祖国知道我……"是的，祖国知道我，让我有幸成为一名军人。也许你普通得如同路边的一粒石子，但你把生命交给了这永远年轻的方阵，把理想和智慧交给祖国壮丽的事业，你的生命一定会如朝霞般灿烂，伟人和英雄一定会走进你的胸怀！

　　别犹豫了，穿上这绿军装，走进这光荣的行列来吧！"一人入伍，全家光荣！"是的，这是我当兵时挂在家门口的铁牌上的标语。我想，这已经铭刻在大家的心里，悬挂在每个"光荣军属"的门庭。

来了，带着儿时的向往，揣着青春的火热，唱着《中国人民解放军军歌》，憧憬着永远的梦想，"向前！向前！向前……"花朵一样的笑脸绽放在祖国各地，松柏一样的脊梁挺立在祖国的哨卡边防！

黄埔军校曾唱出："以血浇花，以校为家，卧薪尝胆，努力建设中华"的校歌，门口挂着这样的对联："升官发财，请走别路；贪生怕死，莫入此门。"我想，每个军营除了应唱着黄埔军校的校歌，贴着同黄埔军校一样的对联外，还都应竖起这样的牌匾："优秀女儿应征，热血男儿报国！"

亲爱的战友，幸福地笑吧，那绿色长城中有你嘹亮的歌声，瑰丽的年轮和豪迈的青春，壮美的军乐声伴着你的高歌和铿锵的足音，祖国壮美的山河中有你付出的心血和汗水。

你因祖国而骄傲，祖国因拥有你这样的优秀儿女而自豪！

新兵下连

铁打的营盘，流水的兵。有老兵退伍，就有新兵入伍。入伍之后，经过三个月紧张的新兵连生活，就迎来了新兵下连。新兵下连在兵的心中，是大喜事。新兵下连，老兵过年。之所以会有这样的说法，我想起码有三条理由。日常执勤是武警部队的特色，新兵下连前，老兵的执勤任务相当繁重，一般情况下都是"三包一"，即平均每三个人负责一个哨位，每人每天上哨达八个小时，新兵下连之后哨位至少是"五包一"了，每人每天上哨四个半小时，劳动强度减轻。再者，一般情况下，伙食也顺带改善。新兵下连之后，中队要改善一下伙食，老兵们最重视的是第三点，新兵下连后，老兵们普遍长了一辈，加上一些新兵为了显示对老兵的尊重，普遍喊老兵为班长，老兵便有了受人敬重的感觉。

新兵下连的前十天，日日期盼下连，日日缠着班长讲中队的故事，讲中队的优良传统，讲中队的大好形势，脑子里憧憬，掰着手指头数日子，心像长了翅膀早已飞到了中队，盼着下发命令的那一刻。但真正收到命令的那天，新兵连却立即被一种低沉的氛围笼罩起来，新兵们多愁善感得像18岁的女子，人人眼中含满了落雨的云，低着头，缓缓地走，生怕稍不注意触动了哪根神经，就会引来哭声一片，似乎有点生离死别的味道。有的拿来心爱的笔记本让班长签名，有的拉着班长合影，有的在自己心爱之物上悄悄写上"敬赠班长某某某"，还有的向班长说感激的话。班长更是充满了慈爱，训练场上严厉得有些扭曲的脸,此时则温和如乳,把新兵深深地拥进怀里,再用粗壮有力的大手轻轻地拍着新兵的肩膀,"好好干,有时间我去看你!"

老连队的干部们早将新兵的家庭情况、爱好特长稔熟于心,盘算着把谁分到一班,把谁分到二班,等等。一年之计在于春,一生之计在于勤,当兵两年在于"分"。这时候,是基层单位最忙碌的时候,也是关键时刻,基层干部往往忙得焦头烂额。忙可以,但绝对不能乱。为防止乱的现象出现,保持部队的稳定和团结统一,我当教导员期间,要求中队党支部重点做好"三项工作",并分干部、骨干、老兵和新兵四个层次搞好教育。在对干部、骨干和老兵的教育中,以"以什么姿态迎接新兵下连"为主要内容,将从"怎么看""怎么干""怎么办"三个专题开展新兵下连教育,收到了较好的效果,并成为支队的教育示范课,受到了支队主要领导的高度评价。教育中总结出的"新兵下连20个怎么办",得到了支队推广。对新兵,我们进行了"爱大队、爱岗位、爱战友,正确对待分工"教育,重点开展了"10个想一想"活动,也收到了较好的效果。

新兵下连了,新一年的工作也就正式开始了。

干部骨干和老兵对新兵的"20个怎么办":新兵想家怎么办?牢记嘱托讲奉献;新兵生病怎么办?嘘寒问暖送医院;新兵厌食怎么办?南方大米北方面;训练受伤怎么办?及时处理送医院;训练落后怎么办?科学施训多流汗;环境不适怎么办?干部言传与身教;不满分工怎么办?娓娓谈心鼓励干;心胸狭隘怎么办?耐心疏导不厌烦;有了矛盾怎么办?积极化解保平安;不守纪律怎么办?条令条例学一遍;怕苦怕累怎么办?发扬传统比比看;性格孤僻怎么办?创造机会多锻炼;脾气暴躁怎么办?避开锋芒慢转变;反应迟钝怎么办?精讲多练不间断;任务险重怎么办?干部骨干往前站;胡乱花钱怎么办?正确引导讲勤俭;家遭不幸怎么办?安慰开导组织管;不服管理怎么办?说服教育做示范;划小圈子怎么办?讲透道理管从严;乱交朋友怎么办?讲清危害明界限。

新兵下连后"10个想一想":头脑冲动想一想,父母叮咛在耳旁;穿衣戴帽想一想,按照规定来着装;日常工作想一想,严抓细抠不走样;参加训练想一想,科学施训免受伤;战备执勤想一想,情况复杂像打仗;使用公物想一想,注意保护免赔偿;因事外出想一想,牢记安全树形象;对外交往想一想,遵纪守法莫上当;有了困难想一想,依靠组织大家帮;周末假日想一想,娱乐活动要健康。

新兵连轶事

新兵连的日子九曲回肠，每每忆起这段历史，一种酸涩便涌上心头。这里，我要告诉大家的，是真真切切的，却又是不便书写的故事。

几辆长途客车一到，强烈的阳刚之气就弥漫了整个新兵连。我们新兵连是在极其封闭的环境下生活训练的，不接待家里来人，一个不出四五十平方米的院子，见不到一个异性，清一色的男性。起初不觉得怎么样，半个月下来，所有的新兵似乎都感到少了什么。指导员的门玻璃上，有一张女电影明星的彩照挂历，先是几个人常去看两眼，再偷偷地回来。然后，便有十几个人一到课余时间，就往那里跑，最后发展到不少人，有事没事地就到指导员门口周围转一转。指导员左思右想理不出来个究竟，便趴在窗口的玻璃上，偷偷地往外瞅。见来的人都用眼往女明星彩照上使劲，便明白了几分。噢，原来秘密在这里。于是，他用一张白纸换了那明星照。一时间，不少人课余时间不知干什么了，一脸的茫然与颓丧，以至于影响了训练氛围。当时，最难过的莫过于我们班的一个战友张新刚了。据说，入伍之前，他正和一个叫海燕的姑娘热恋，爱得有些痴迷。因为来当兵，他们才分开的。令我们惊讶的是，连梦里他都常常喊着海燕的名字，在训练的间隙和节假日里，他常常对着老家的方向，唱当时最流行的歌曲《大约在冬季》。后来，还发生过一件不在那种环境待过的人，永远也理解不了的事。"女明星彩照"风波后不久，不知谁发现了一个秘密，楼的西北角是一个楼梯,与楼梯相邻的西墙上有一个缝,从缝里可以看到一位十七八岁的姑娘,在自家的院子里喂牛。我去看过,每次去首先是精神为之一振,接着就是心旷神怡了。这成了我们当中不少人悄悄流泪的地方,大家每天晚饭后都到这里瞅上一眼,这成了公开的秘密。忽然有一天,两个新战友不知为何为此动了拳头,被送到了连部。中队长明令禁止此事,并宣布谁要是再到墙缝处看,就处分谁。从这以后,我们再也没有人敢去看,即使偶尔路过那里,也匆匆而过,生怕别人怀疑自己,更怕有人去报告给中队长。但从这以后,总是怅然若失,直到迷迷糊糊地从新兵连结业。

在新兵连尴尬的记忆中,让我最难以忘怀的有三件事。一件是全班搞班队列中的队形变换训练。我的个头最矮,因此立于排尾。这样,行进中的队形变换就要以我为轴转动,可我总理解不透左转弯走和右转弯走,结果,不是走错了步子,就是走错了方向。不得已,班长把我拉出了队列,让一个新兵喊口令,单独练了整整一上午。可是,到了下午全新兵中队会操的时候,我还是走错了,气得班长直跺脚,同班的战友也埋怨我,"如果不是你做错,我们班的成绩肯定不是倒数第一。"另一件事发生在实弹射击的时候。新兵连的训练科目似乎每年都差不多,先搞队列,再搞擒敌、战术,最后搞射击。搞射击预习的时候,做不到眼睛一闭一睁。这可成了排里的一大新闻,排长鼓励我好好练,班长替我捂着一只眼,可就是解决不了问题。实弹射击的时候到了,每人先体验两发实弹射击,班长说给我两发子弹,也是盲人点灯——白费蜡。我找到排长,排长看我可怜巴巴的样子,说:"给你两发吧。"我接过两发实弹,那种满足感就别提了,抚摸着两发子弹,如抚摸着自己的生命。该我上场了,我麻利地将实弹压入弹仓,举枪"三点成一线"就完成了,"砰…砰…"两声过后,红色的报靶杆,晃动起了优美的弧线。10环!10环!两发全是10环!我一下子创下了全新兵连的记录,班长激动得几乎将我抱起来,排长也向我竖起了大拇指。从这之后,我的眼睛不能一睁一闭的问题,再也没有人提了。可自己不能忽视,于是,我利用各种机会偷偷练习眼睛一睁一闭。不久,我便能很麻利地完成这个动作了,为此排长狠狠地表扬了我一番。很快就到了最后一次实弹射击的时间了，大家格外重视。因为这成绩要填入档案，要伴随个人的整个军旅生涯。排长反复叮嘱我，一定为排里争光，争取打个"满堂红"。我也暗下决心，一定不辜负领导的期望，事先也试了试一睁一闭眼，利索着呢！我沉着地进入射击底线，对准靶子，按照事先练习的动作要领，一发一发地打了过去。可靶杆除了画了两个圆圈外，再也没报靶。射击完毕，我去问排长成绩如何，排长一脸的怒气，两眼一瞪，"问个屁，16环！"我到现在也不明白，为什么两眼睁着能打10环，按要领一睁一闭却不及格。第三件事，就是我和排长的关系了。因为我在新兵连的战友当中文化水平较高，加之平时工作特别吃苦扎实，排长常常表扬我，也给我安排一些别人羡慕的活，像出黑板报、写发言稿之类。在外面冰天雪地的时候，一个人静静地围在小火炉旁多惬意呀！我很感激他，常常偷偷地替他洗衣服、擦皮鞋。他对我更是关照，我病了，给我买水果、罐头，一口一口地喂我，令我激动地流泪。在新兵临下连的时候，我很渴望能和他照一张合影，他就是不照。他说："你的钱不多，留着买书看。"整个新兵连，他竟没和一名新兵合过影！对这事，我很不解。为了记住他的面容，我从他的影集里偷了他的照片！他知道后十分恼火，直到新兵结业，也没和我说过一句话。

　　尊敬的排长，您现在在哪里，我常常想您啊！

起 床

　　2002年版的《中国人民解放军内务条令》规定:"听到起床号（信号）后,全连人员立即起床（连值班员应当提前10分钟起床),按照规定着装,迅速做好出操准备。"我想这个"起床"应当为"早起床",而不应当是午休后的起床。如果是午休后的起床,就不应当有"迅速做好出操准备"这句话。所以,我建议编写《内务条令》的同志在起床的前面应当加上一个"早"字。如果此建议得到军委主席的签发,这也算我对《内务条令》,或者说全军官兵的一点贡献。但又一想,如果把"出操"理解成"出早操",我的建议就成了多余。再者,条令说的"立即"很难量化,30秒是"立即",还是1分钟是"立即","立即"的界定往往由本班班长的主观影响。一般情况下,别人一分半钟起床,你两分钟起床,就不算"立即",而反过来你就成了"立即"了。中国的语言就是这么难以琢磨,但越琢磨越有趣。

　　听到起床号后起床,这是条令规定的,而在军营里似乎有个不成文的规定,起得越早越好。其实,不应当是这样,条令条令,条条是令,军令如山,既然条令规定了听到起床号再起床,提前起床肯定是违背条令的。条令是部队的法,违背了条令就是犯了法。这句话不是我的首创,而是许多首长讲的。大家为了积极表现自己,反而违背了条令,这是多么有趣啊！其实,我也这样干过。

　　军营有关起床的故事很多,多得不可思议。我在某军校上学时的一个晚上,学员们正为考试的事忙得不可开交。有几次,突然凌晨 2 点 30 分响起了起床号,弄得师生怨声载道,被学员们戏称为"半夜鸡叫"。据说,负责放号的通信员喝多了,醉眼蒙眬中把钟表的时针和分针看混了,本来 6 点 10 分放起床号,2 点 30 分就放了。领导一不高兴,就把这个爱喝酒的通信员换了,换成了一个老实巴交的通信员,谁知道这个通信员老实得连闹钟都不认识!又多次放错号,领导只好把他"炒"了。

中国地大物博,人口特别多,西部山区的孩子上不起学的事也并不算新闻,文盲兵虽属个别现象,但还是有的!

肩　章

　　肩章本来是古代侠客义士用来保护双肩、防兵器打击的，材质一般是金属片，佩戴在铠甲和锁子甲之间。肩章最早作为军官和士兵的身份标识，是在法国军队中。1810年之后，肩章出现在各国军队当中，佩戴在双肩上面，用来区别职务的高低和军兵种。

　　1988年之前，我们武警部队是戴肩牌和红领章的。肩牌比酒瓶盖稍大一些，据说是铝的，以蓝色为主，图案是两支交叉的步枪，步枪的中间是国徽。红领章是用红绒布做的，缝在衣领前的外侧，也有个别的用胶布粘的，我想，粘领章是不符合规定的。我当兵第三年的时候，换了这种带警衔的肩章。战士的肩章都是软的，开始是用帆布做的，后来是用绒布做的，红底黄衔。干部的肩章有软硬之分，软的是墨绿色的，套在作训服的肩上；硬的是黄底白星，星是铝做的。我军从1988年开始将肩章作为军衔的标志。

　　肩章是什么？是职务和权力的象征。肩章上只有一道杠的列兵，喊到名字答"到"，说到什么都是"是"，基本上只有服从的份。其他发言，往往只有在班务会上，最多在中队的军人代表大会上，念念挑战书或者应战书。肩章复杂得多的士官就不一样了，拿着工资，管着别人，多威风！当然这个管，也是在条令条例之内的管。不想当将军的士兵不是好士兵。当然最威风的还是肩上是金星星的将军们，出门有警卫员，进门有公务员，吃饭有炊事员，他们的话都是金子做的，有一诺千金的本领和权力。

肩章是军衔，是当兵的人特有的标志，从我军的根本宗旨——全心全意为人民服务看，肩章象征着为人民服务的义务和责任，坐公交车，穿着军服戴着肩章，你就必须让座，不让座人家就会说还是当兵的呢！有人落水了，你就要毫不犹豫地跳下去，牺牲了自己也要把落水者救上来！街上有人抢劫了，不用说，冲上去的肯定有带军衔的军人。战争来了，所有穿军装戴军衔的人，都会视死如归，把自己的热血和生命交给祖国！这是我们的职责，这是我们的生命所在，也是我们真正的价值。

双肩担正义，两手打邪恶。肩章上的星有多少，担子就有多重。这是一位领导对我说过的话，我也这么认为。

敬　礼

　　敬礼是一个国家或一个团体在一种特定场合使用的正式礼节。世界上敬礼的姿势五花八门，但不论何种敬礼，都是举右手高于肩，这是一种虔诚的姿态，表示对施礼者的敬仰、尊重和服从。在敬礼的姿势中，最常用的就是举手礼了。据说，举手礼源于欧洲中世纪。当时骑士们在比武结束的时候，要从妇女中推选出一位爱与美的女王。然后，骑士们列队雄赳赳地经过王座，接受女王的检阅。这时候，他们就举起披甲的拳头遮住自己的眼睛，以此来表示他们被女王倾国倾城的美貌搅得眼花缭乱。有意思的是，当今世界各国的军队，几乎一律行举手礼，大同小异。

　　我军的敬礼，形式上分为举手礼、注目礼和举枪礼，从队列的形式来看，又分为单个军人敬礼和分队或部队的敬礼。在军营，原来不戴帽子敬礼曾经被称为笑谈，而今条令改了，不戴帽子敬礼是正常的。不戴帽子时的举手礼是这样的：上体正直，右手取捷径迅速抬起，五指并拢自然伸直，中指微接太阳穴，约与眉同高，手心向下，微向外张（约20度），手腕不得弯曲，右大臂略平，与两肩略成一线，同时注视受礼者。一次，我去洗澡，一个大学生新兵赤条条地站在那里，给我行了个举手礼，弄得我哭笑不得。我告诉他，军人在澡堂里不用敬礼，他不好意思地对我笑了一笑。而第二天，他竟拿着《队列条令》找我来了，说："教导员，条令中没有规定在澡堂里不准敬礼。"我说："《队列条令》只是规定举手礼怎么做的，而至于在什么场合敬礼与不敬礼只能在《内务条令》里找,《内务条令》才是规定内部关系和日常生活制度的。"我拿起我办公桌上的《内务条令》,在《礼节》这一章里找到了相关规定。他显得很尴尬,一连说了好几个对不起。事后,我觉得这事做得不太妥帖,我应当说出《内务条令》与《队列条令》的区别,让他自己去找,或许他面子上好看一些,也体现了一个领导的风度。但我没有做到。

最雄壮的敬礼是分队或部队停止时的敬礼,作为敬礼者也是很自豪和骄傲的。你看,作为班指挥员和职务最高者下达"立正"的口令后,跑步到上级来检查工作的首长5至7步处敬礼,待首长还礼后,信心百倍地报告:"总队长同志,某支队某中队某班正在进行队列训练,请指示。班长XXX。""班长XXX"几个字明显地高了八度。当几年班长能有几回这样给将军报告,那真是幸福死了。再说,这一报告说不定首长就记住了你的名字,临走时,总队长随口说了一句"你这个班长XXX报告得不错",保你不立功也得受个支队通报表扬!

最有意思的敬礼是注目礼和举枪礼,目光一直盯着领导,无论是男是女,是老或幼,都用崇敬或虔诚的目光盯着,直到不能自然转动为止。敬礼时,大家一定会想如果这位领导是一位漂亮的姑娘,或是是自己心仪已久的女朋友那就太好了!

战友之间的敬礼,是信任,是支持,是帮助;上下级之间的敬礼,是敬意,是尊重,是服从;向军旗国徽敬礼,是决心,是无畏,是保证……

臂　章

　　臂章也可称袖标，大家见得最多的，可能是居委会的老太太们胳膊上挎一个红布的样子，抑或在马路执勤的交通协管员戴着红袖标举着小喇叭喊来喊去的神态。如果硬要说袖标与臂章的区别，我想也许袖标是伸进袖子里去的，臂章是挂在胳膊上的，二者的作用是一样的，是一种执行某种任务或特殊人群的标志。

　　我们武警部队从何时挂臂章的，我没有查到。但从我开始当兵时——1987年10月的那一天起，就看见我的老班长挂臂章。当时的臂章形状如盾牌，颜色为蓝色，在两支"56式"半自动步枪的对视下，赫然印着两个宋体大字"执勤"或"纠察"。这种臂章只有在执行任务时戴，平时是不允许戴的。我们武警部队统一戴臂章，是从2005年1月1日开始的。这种臂章，图案由五角星、中国版图、地球仪、橄榄枝、盾牌和文字等组成。五角星象征中国共产党对武警部队的绝对领导。中国版图象征武警部队是中华人民共和国武装力量的重要组成部分，担负着保卫国家安全和维护社会稳定的神圣使命。地球仪和橄榄枝象征着武警部队官兵热爱世界和平、维护世界和平的良好愿望。盾牌象征武警部队是人民民主专政的重要工具和社会主义祖国的坚强保卫者。CAPF为中国人民武装警察部队的英文缩写。这些能更好地展示武警部队的良好形象，增强广大官兵的光荣感和责任感，体现了时代特色，对于提高部队的正规化建设水平具有重要意义。2005年1月1日起规定，执勤时，不再佩戴执勤臂章。

臂章是什么？是一种标志，就像我们紧急集合或夜间战斗时左臂扎的白毛巾。对于我们武警战士来说，是一种责任，是一种脑袋挂在裤腰带上的无畏，碰到刀山敢上，遇到火海敢下，看到犯罪分子敢抓，是永远听党的指挥，是党对枪的绝对领导，更是我们每个武警战士对祖国和人民群众的赤胆忠心！对我们全体官兵，特别是干部来说，是武警部队建设的千钧重担："把武警部队建设成为政治可靠的威武之师、文明之师！"

集　合

　　集合，就是把同一类型的人或物合在一起，细细想起来与高中数学中学过的概念是一致的。在部队，集合有班集合、排集合、连集合、营集合和团集合，也就是说一个班的、一个排的、一个连的、一个营的、一个团的干部或战士列队在一起。具体到部队中的集合，《队列条令》中是这样定义的：使单个军人、分队、部队按照规范队形聚集起来的一种队列动作。

　　就集合的种类讲，我认为主要有非紧急性的集合和紧急集合。非紧急性的集合，是指早晨出早操集合、上午操课集合、晚点名集合等等。是上级提前通知到的，本级或部属预先有准备的。而紧急集合是指在未知的情况下，听到紧急集合的号令集合的。在部队中，令人最难忘的集合，就是新兵连的第一次紧急集合。

　　在漆黑如墨的深夜，新兵们正在做着与某位心仪已久的女同学约会的梦。突然，一声急促的哨音，令所有的兵心慌得厉害，谁也不知道到底发生了什么事。班长压着嗓门，小声命令道："全副武装，紧急集合！"

　　大家一听，可慌了神，"我的裤子呢？""我的褂子呢？"乱作了一团。"号令响，莫慌张，不要说话穿衣裳，卷起被褥装被囊"的口诀早忘到九霄云外了。班长严厉地小声喝道："小声些，动作轻些！"

　　平时自以为训练有素的兵们，似乎一下子找不到北了。衣服在和你捉迷藏，明明放在床下的马扎上，这会儿却不翼而飞。鞋子更是乱了套，东一只，西一只，甚至穿在脚上的一只大一只小。心里那个急呀，可是越急越慢，越急越出错。大家背上水壶，拎起挎包，把洗漱用具往里面一塞，扎上腰带和白毛巾就往楼下跑。刷牙的缸子却突然蹦了出来，咣咣地顺着楼梯往下滚。大家一窝蜂地向军械库跑，前呼后拥地挤在了一起，越挤动作越慢，进去的出不来，出来的离不开。这时候，班长就成了交通警察，小声说："取到枪的靠右行，没有取枪的靠左走！"平时三分钟能完成的动作，现在五分钟也没有完成。

一阵紧张的整齐报数之后，中队长神情严肃地讲："据上级情况通报，有两名犯罪分子杀害一公安干警后，往后山方向逃跑。上级命令我们，沿381高地一线火速向后山方向搜索！"一片战斗的云彩飞上了每个兵的脸，大家谁也不说话，跟着队伍往前跑。不知跑了多久，后山终于到了，可是一点异常情况都没有！

回来的路上，大家再也没有像去的时候紧张了，劳累与疲乏开始袭来，脚步变得越来越重，脚步凌乱，喘气声越来越响。好不容易到了营区，天也亮了。看看自己，不是裤子穿反了，就是扣子系错了……

《内务条令》规定：为锻炼、提高部队（分队）紧急行动能力，检查战斗准备状况，通常连每月、营每季、团（旅）每半年进行一次紧急集合。

倒　功

　　擒敌技术是武警部队的看家本领，倒功是擒敌技术训练的基础课目。不练倒功，就谈不上擒敌技术训练，在与敌对抗时就要被动挨打。1998年版的《擒敌术教材》对于倒功下的定义简单明了：倒功是倒地时自我保护、避免摔伤，增强防护能力的方法。倒功分为前倒、后倒、侧倒。我当战士时，还练过前扑、跃起后倒、跃起侧倒。现在，这些动作都被删去了。

　　倒功，看起来简单，做起来并不是易事。指导员说，没有什么大不了的事，摔摔打打才能成为一名钢铁战士；中队长说，倒功练习最难战胜的是自己，有信心才会有勇气，有勇气才会成功；老兵说，倒功可不是好玩的，如果动作要领不对，轻则手臂肿膝盖破，重则让你脑震荡，落个半身不遂。挺吓人的！临训前，看到一些老兵戴护肘护膝时的样子，心里真是有些发怵了。

　　这时候，干部骨干的作用就显现出来了，除了会做思想工作外，更重要的是会做。部队有句老掉牙的话，"喊破嗓子，不如做出样子"，以大队为单位组织倒功训练时，大队就会组织干部倒功示范班，干部练，战士看，给兵们一个直观印象的同时，鼓舞兵们的士气。以中队为单位训练时，经验丰富的中队长就会组织班长、副班长们做示范，几个回合下来，干部骨干摔出汗来了，兵们的手脚也就痒痒了，训练的热情、勇气和士气就上来了。2004年7月，大队在高岭驻训的时候，我这个34周岁的胖子第一个直挺挺地倒下去，立刻赢得兵们雷鸣般的掌声。一个老兵说:"我当了五年兵,第一次看到大队教导员第一个亲自做倒功动作!"据后来观察,那个上午是兵们学动作最快的一个上午。

几个倒功课目中,最先练的是前倒,万事开头难,这也是兵们最怕的课目。听到"前倒"的口令后,身体立正站直,两脚并拢,全身绷紧,直挺挺地向地面倒去。只觉得树在倒,地在斜,地面上的物体在放大!感觉到上体快接触地面的时候,两手上挥后用力拍地,两掌及小臂深深地撑在地面上。如果地面上有水,会立即发出"啪,噗"的响声,如果地面是沙土,那汗水和沙混在一起,即刻脸就被化了妆,有点京剧花旦的模样。单个人练前倒,如顺风倒的大树;集体练前倒,如海啸般排山倒海,让人禁不住挥起双臂自发地向前倒去……

倒功训练的时候,有信心有勇气,就容易做好。反之,越怕越难做好,还容易出训练事故。兴趣来了,也并不感到怎么累。但是,等身体彻底放松下来,或者晚上一觉醒来,就感觉身体不是自己的了,像散了架,扭扭脖子翻翻身就酸痛得厉害,浑身不自在,头也晕乎乎的。这时候意志薄弱的同志就胆怯了,就开始走神想逃避训练了。一走神,就容易受伤。一受伤,也就为逃避训练找到了合适的理由。几天下来,身体恢复得差不多了,功课也就落得差不多了。看到战友生龙活虎的样子,就想到训练场上试一试。可一试,远不是想象得那么回事,动作早就跟不上了,真是"看山跑死马"!因为所有的擒敌技术动作都是以倒功为基础,基础不牢地动山摇,不打地基建楼房是不可能的事。

困难像弹簧,你硬它就让。有些事情,只要坚持过来了,也就胜利了。倒功训练也是这样,只要你咬咬牙坚持了,擒敌训练跟下来了,复习起来就容易多了,训练课目也完成了。

谈对象

以男子汉为主体的兵们，几乎都有与异性交往的经历。大部分同志在与异性交往过程中都循规蹈矩，也没有发生过这样或那样的问题。

几天前，大队党委突然收到了一名地方女青年的来信，反映二级士官张木沐在探亲假期间"玩弄女性"。一向表现不错的张木沐怎么了？收到信后，我们及时找张木沐谈了心，小张一脸的委屈："我只是见了她一面，没有一丝过激的言行，怎么叫玩弄女性了呢？"原来，小张在休探亲假期间，经人介绍认识了一名女青年。这名女青年见小张长得一表人才，又穿着军装，谈吐比较幽默，便生爱慕之心，随之向小张提出了确立恋爱关系的要求。但小张对这位姑娘没有丝毫感觉，认为她无论在学识上，还是在生活情趣上，都不是自己理想的伴侣，便婉言谢绝了。哪里知道这姑娘却不依不饶，先是到小张家去闹，说小张欺骗了她的感情，又在家人的怂恿下，给大队党委写了告状信，想让组织逼小张"就范"。

事情不查不明，对待工作极认真的小张，对婚恋问题也十分谨慎。他虽然处过几个女朋友，但从没有做过违背道德和法律的事。

婚恋自由是每个公民的权利，身为武警战士的小张有选择婚恋对象的自由。作为各级组织，千万不要以"左"的思想来对人看事了，不能一收到地方的来信就认为我们的战士错了，也不能因为战士多处几个对象就认为战士的品质不好，更不能干出"逼婚"这样的傻事。

打电话

　　新兵下连一周后的一天,我给所属中队打了个电话,找指导员交代一下工作。通信员很热情地说:"喂,你好,这里是 XX 中队,请问你找谁?"我说:"我是教导员,要找你们指导员。"通信员说:"教导员,您稍等,我给您去找!"接着传来电话的"嘟嘟……"声,打了几次,都是这样。我挺纳闷,是电话出了毛病?没有办法,只好步行到这个中队。原来,这个人当兵前没有打过电话,以为电话扣上仍然能接,就想当然地把电话挂断了!同样是新兵下连后的一个星期天,一个兵用手机对着我窗前的一棵玉兰树拍个不停。我问:"你知道这是什么花吗?"兵说:"不知道,我看着喜欢就拍。"我问:"你喜欢用手机拍照吗?"兵答:"喜欢,我拍完之后再传到我爸的笔记本电脑上!"同样是个新兵,差别就这么大,一个手机用得如筷子一样自如,一个却视电话为天外来物,差别太大了!一支部队就是一个因特网,每一个兵都有自己的网页,不同的网页记载着不同的经历和对世界的感知!

　　部队驻训后的一个星期天上午,我见一名战士正在一家小店的电话厅里聊得热乎。这名战士看到我后,匆匆挂断了电话,表情极不自然地说:"趁外出给女朋友打个电话!"这名战士离开时,看着他随手拔出的"情感电话卡",我才知道他打的是声讯电话。回到部队后,我立即找这名战士谈了心。这名战士也道出了实情:他在杂志中看到有关"情感热线"声讯台的广告后,觉得好奇,就趁外出的机会打了一次。经了解，还有不少战士打过这种电话。有的兵说，在部队受到批评或遇到烦心事，给"情感热线"拨个电话，可以与对方交流交流，排遣心中的烦恼，即使有说过头的话或违反部队规定的话，对方也不会生气，更不会向他们发火。随后，我召集了部分干部战士进行思想形势分析，专门就打热线电话问题进行了讨论。有的说，打热线电话，导致了战士外出次数的增多，增大了部队管理的难度。有的说，打热线电话思想危害较大，一些声讯台为了赚取高额的话费，交流不健康的内容。兵们大多处于青春期，在不健康内容的诱惑和腐蚀下，道德法纪观念容易淡化，出现违法违纪问题。还有的说，声讯电话加重了战士们的经济负担，声讯电话费一般在每分钟两块钱以上，个别沉迷其中的战士一打就个把小时，把一个月的津贴全花进去也不够！理越辩越明，打声讯电话的危害大家也说得差不多了，我要求大家要以中队为单位搞好教育，并采取疏堵并举的办法确保兵们不再打"情感热线"。其实，对于打"情感热线"这个问题，条令中早就有规定了。《内务条令》规定，"军人不得参与地方大众传播媒介开展的交友活动"，"不得与地方人员进行不正当、不必要的交往"。《军队基层建设纲要》也明确规定，"严禁参加不健康娱乐活动"。只不过，规定得没有这么具体就是了。

  在兵营里，关于打电话的故事还有很多，如果要编故事，肯定能编一个故事集。

团结问题

"军民团结如一人，试看天下谁能敌。"这是伟大领袖毛泽东的名言。"全班团结如一人，试看全队谁能比。"这是一个班长经常说的一句话。讲到团结，大家都知道它的重要性，像"相互补台，好戏连台；相互拆台，一起垮台""团结出战斗力，团结出凝聚力"之类的话经常被我们说起。有两则小故事最能说明团结的重要性。

一群蚂蚁遇到了森林大火，灾难面前它们没有四散奔逃，而是紧紧地聚成一团从火中滚过去，尽管外层许多蚂蚁被烧死，但却保存了有生力量得以继续繁衍。几只觅食的螃蟹爬进了渔人的鱼篓里，本来它们都可以在渔人到来之前逃生，但它们互不相让，相互拉扯，结果一个也没有逃出去。大家想一想是应该学蚂蚁呢，还是学螃蟹呢？学蚂蚁是肯定的。作为军人，团结是十分重要的。它能融洽内部关系，促进部队内部安全稳定，提高部队的凝聚力和战斗力。"团结就是力量，团结就是力量，这力量是铁，这力量是钢，比铁还硬，比钢还强……"这支作为军人人人都会唱的歌，一直鼓舞着大家，鼓舞我们去学习、工作、生活和战斗。"上阵父子兵，打虎亲弟兄"，如果我们当兵的都团结得像父子兄弟那样，还有打不赢的仗吗？

一棵树在森林里是平凡的，而在荒漠里却是伟大的。但我在荒漠中很少见到树。把别人摆高一些，把自己放低一些才能搞好团结。

"道不同，不相为谋。"一支战斗队里的人，共同战斗就好比同拉一辆马车，不使劲的人多了，车就跑不快。如果使偏劲使邪劲，就可能翻车，最终导致车毁人亡。战友，为了自己的生存和部队的战斗力，搞好团结吧！

讲究谦让

　　牙齿都有不慎咬着舌头的时候，人们在频繁的社会交往中相互之间发生一点摩擦自然也是难免的。问题在于，此时是争强好胜，斤斤计较，将小事闹大呢，还是以和为贵，谦逊礼让，将小事化了？毫无疑问，作为同一支队伍中的人，我们应当选择后者。

　　讲究谦让是中华民族的传统美德。历史上有许多谦让处世的故事，如孔融让梨、将相和、六尺巷等等。其中的六尺巷说的是清朝康熙年间，宰相张英的家人因与邻居争宅基地，请求张英决断。张英回诗一首："一纸书来只为墙，让他三尺又何妨。万里长城今犹在，不见当年秦始皇。"家人立即退让三尺，邻居深为感动，也退了三尺，形成了六尺巷。在部队这个大家庭中，官兵从五湖四海走到一起来，同工作、同劳动、同休息，这种机会是千载难逢的，有道是"百年修来同船渡"呀！再说，"铁打的营盘流水的兵"，官也好，兵也罢，在某个岗位上工作的时间都是有限的。因此，官与官、兵与兵之间，都应当相互关心，互相尊重，避免发生碰碰磕磕的事。一旦有矛盾或纠纷，都不要趾高气扬，要做到互谅互让，不伤战友情谊。

　　谦逊礼让，不仅有利于搞好部队团结，还有利于个人身心健康。生活中，有些人往往为了一些无关痛痒、鸡毛蒜皮的小事互不相让，非争个你死我活不可，轻则吵得脸红脖子粗，重则打得头破血流，不欢而散之后好几天寝食不安，有的甚至结怨一辈子，这是很不值得的。

  原谅别人，就是原谅自己；宽容别人，就是宽容自己；谦让别人，其实也是谦让自己。同志们，为了我们这个美好和谐的大家庭，讲究谦让吧！

枪

枪是兵们劳动的工具,没有枪就没有严格意义上的兵。枪是兵的第二生命,有枪就有命了,因此有"爱护枪就像爱护自己的眼睛"之说。

枪是兵手臂的延伸。于兵而言,用枪的最高境界就是人枪合一,眼看到哪里,枪就打到哪里。于枪而言,它的使命是用兵的目光审视一切,爱兵所爱,恨兵所恨,打兵所瞄。兵们瞄到哪里,枪就打到哪里。

人看枪是条汉子,枪看人是真心英雄,在优秀士兵眼里,枪与人是最完美结合,枪枪命中目标,发发打中 10 环。兵胜利后高高举起枪的一瞬间是对枪的最高奖赏;对兵最好的奖赏是拥有一支属于自己的枪,不离左右,生时同荣,死后合葬。

枪最高兴的时候是子弹从枪口呼啸而出的瞬间,最难受的时候是被挂在墙上的寂寞的时刻,最神情贯注的时候是锁定目标的那一刻。

在兵的眼中,枪有眼会观察,有口会说话,有大脑会思考,有表情知冷暖。轻轻的擦拭是温柔的拥抱,分解与结合是灵魂与肉体的融合。他们理想一致,心灵相通,忠贞不渝。肩是枪的故乡,兵是枪的榜样,只要轻轻地扣动扳机,枪的理想就会义无反顾地冲向远方。

没有枪就没有兵,没有兵就没有枪,枪就是兵,兵就是枪,枪是兵永远的象征。

我爱枪,我们是党永远指挥的一杆枪!

迷 "网"

在信息社会的今天，互联网就像魔法师点过的藤蔓一样，以无法预测的速度延伸到社会的角角落落，不少战士入伍前就有了网瘾。新兵王南，在家时养成了每日上网的习惯，少则两三小时，多则十几小时，玩电子游戏《拳皇》达到了最高级九级，成了"顶尖武林高手"。参军后，新兵时的三个月还能坚持住，可到了老连队之后的第一次外出，就偷偷地溜进了地方的一家网吧，玩起《拳皇》，直至第二天早晨才归队。事后，小王受到了行政警告处分。二级士官小李，因偶然的机会与一位网友聊上了，很快就谈得热火朝天，没有过多久，两人坠入了情网，一有机会就利用手机上网聊天，一刻不上网，就好像丢了魂似的忧心忡忡，心时时刻刻挂在网上。但半年之后，那人神秘地消失了。小李因此茶不思饭不想，像疯了一样，神智几近恍惚，严重地影响了正常的工作、学习和生活。

兵们的日常工作、训练和生活，越来越离不开网络，不少人由喜欢到迷恋，以致上网成瘾，像小王、小李这样的并非个例，不但影响了自己的身心健康，也影响了部队正常的管理、工作和生活秩序。据专家介绍，在网上迷失自己后，可造成人体植物神经紊乱，体内激素水平失衡，免疫功能降低，引发心血管疾病、胃肠神经官能症、紧张性头痛、焦虑症、抑郁症等。但对于网络，我们决不能因噎废食，要做到正确引导和严格管理相结合，一方面充分发挥网络对工作、训练、学习和生活所带来的积极作用,另一方面也要采取措施,引导官兵走出使用网络的误区,不被网络所奴役。同时,还要教育引导官兵,筑牢网瘾的"防火墙",防止官兵在网络中迷失自己。

要让网为人服务,而决不能人在网中迷失。网啊,网!

军 装

当兵第二年，我因事回到久别的老家，媒人们一下子踏破了我家门槛："这小子真有出息，才当几天兵就穿着四个兜的衣服回来了！"我再三解释，村里人就是不相信，"只有当官的才有四个兜的衣服，当兵的哪有穿四个兜的？"

军装留给我太深的记忆。20世纪80年代初期，"全国上下一片国防绿"，一身绿军装象征着崇高的使命，是一种光荣，更是一种时尚，不知有多少人为此眼红得连眼珠子都掉下来了。

军装是军人的制式服装，是军人的外在形象，也是军人的一种装备。质量优良、样式美观的军装，不仅能增强部队的凝聚力和战斗力，而且可以壮军威、振国威，增强军人的自信心和自豪感。

军装是一种责任，是正义的化身，是邪恶的克星，是人民群众的保护伞。军装在身，让人不自觉地挺直了腰杆，严格了对自己的要求，上公交车让座，走路让道，遇到急难险重的事往前冲，碰到坏人敢挺身而出。走路时陌生人遇到你敢问路，等车时行李孩子敢交给你照看，孩子甜甜地喊一声"解放军真好"，感动得你回到中队还兴奋不已。但是，一定要记住《内务条令》第82条的规定："军人非因公外出，女军人怀孕期间和给养员采购时，应当着便服。"

对军装的要求，我的理解，主要是八个字：利于作战，方便生活。至于美观大方等，则在其次。在兵中，私自改军装的事时有发生，有发的军装不合体的原因，或长或短，或肥或瘦，也有个别为求型或追美而改的。女兵班长张丽就做出了一个因求美而露丑的事。小张是个时髦的姑娘，为了凸显自己修长的腿，把军裤的裆改得浅浅的，把裤管改得细细的。一次部队集合，中队长喊了一个"蹲下"的口令，小张一蹲，只听"刺啦"一声，小张红红的内裤露出来了。"万绿丛中一点红！"大家把目光聚焦她的同时，发出了一阵笑声。小张感到无地自容。

我军的第一套军装，是红军初创时期利用战场上缴获的两台缝纫机，在井冈山的一座破庙里缝制的。一提到红军，大家一定会想到那灰色的军装和那缀有红五星的八角帽。其实呢？据一位老红军说："哪有那么好啊，我们穿的衣服有从战场上缴获来的，有老百姓送的，还有用草木灰或树叶浸染后缝的……"全军统一样式、统一颜色、统一用料的军装是1950年才出现的。"87式"服装出现后，"一件衣服当家，训练休息全用它"的情况才算结束。如今，重大庆典和外事活动有礼服，作战训练有作训服，平时生活有常服，演员有演出服，军乐队、仪仗队有礼宾服，我们真是生活在色彩斑斓的世界里！是军福，是国福，更是民福。

军装，区别于一般的服装，关键是"军"字。"军"字在前，便是以战斗力为根本目标了。放开想象的翅膀，未来的军装，是"矛"又是"盾"，是通信标识又是保健供给，也是一专多能啊！

军　歌

　　军营无处不飞歌，唱军歌是军人的最爱。入伍时，唱"十八岁，十八岁，我参军到部队"；走路时，唱"一二三四像首歌"；打靶归来时，唱"日落西山红霞飞，战士打靶把营归"；过节时，唱"我的老班长，你现在过得怎么样"；老兵复退时，唱"送战友，踏征程"……他们坐着唱，站着唱，走着唱，梦里也唱；列兵唱，上等兵唱，士官唱，干部也唱。从18岁的小伙子到60岁的老头子，都一个声音，一个节拍，一个基调，一个旋律。

　　歌声是劳动的号子，军歌就是催征的号角。它以生命为词，以热血为曲，与子弹的呼啸声同舞，用一圈一圈的年轮着色。它没有情歌缠绵，没有山歌高亢，没有渔歌悠扬，战斗是它的质地，步伐是它的节拍，勇往直前是它的主旋律。

　　军歌是涌动在军人血脉里的音符。在绿军装上荡漾，在硝烟和炮火中荡漾，在魂萦梦绕的沙场荡漾。它溶入军人的血脉，让热血沸腾，让生命燃烧；它溶入军人的骨骼，成为军人特有的钙质，成为军人永远的雕像。同时，你会感到只有真正的军人才能唱出军歌的味道，只有当过兵的人才能真正体会到军歌的嘹亮，也只有部队才是生产军歌的土壤。

　　军歌铁马冰河、波澜壮阔，唱者心潮澎湃，听者激动不已："军号已吹响，钢枪已擦亮，再见吧，妈妈……"感受着这昂扬向上的格调和动人心魄的气势，谁都会热血沸腾、感慨万千，心底油然而生一种慷慨赴死的悲壮，一种铮铮誓言的决绝，一种为党为国为民赴汤蹈火的勇猛。

唱一次军歌，就是上了一堂政治教育课，就是磨了一次钢刀，就抒发了一次情怀，就感受了一次大无畏的精神，就做好了战斗和牺牲的准备。

炮声远了，硝烟尽了，军歌依然嘹亮。

军 号

军号，是我神往已久的物件。小时候，我总是学着电影上号手的样子，号召小朋友们冲啊杀啊。中学语文课本上，延安小八路左手叉腰，右手执号，站在垣上气宇轩昂吹号的神态，让我激动不已。我由此想到了"雄鸡一唱天下白"中雄鸡的形象。

我是揣着对军号的憧憬来当兵的。然而，当了18年兵竟没有见过一把真正的军号。

军号，只闻其声，却没有见过实物。我对于军号的声音再熟悉不过了，天天听着它的呼唤起床，随着它的声音去就餐，听着它的命令去操课，枕着它的声音入眠。

我听到的军号的声音，先是由唱片，后是由磁带，现在是由光盘放出来的了。

当新兵的时候，我听到过一个关于军号的故事。说是一个司号员被敌人包围了，实在没有武器可用了，就拿起了手中军号，吹响了冲锋号，敌人闻号而逃。现在想来，这是真的吗？敌人有这么弱吗？望风而逃、闻风丧胆，我想这只是人们的合理想象。打仗是靠实力说话的，这种事如果不是假的或者演绎了的，也只可能是敌人被打怕了，偶尔把井绳当蛇罢了。

"老兵怕哨，新兵怕号"倒是真事。号响的时候，一般都是惯例，就那几种声音，"嗒嘀……嗒嘀"表示起床，"嗒嘀嘀嗒……"表示操课，"嗒嘀嘀……"表示就餐，"嗒嘀嘀……嗒"表示休息。

当兵年份久的老兵，对这种声音早已稔熟于心，应对自如，用不着紧张。而哨音则不然，一般都是紧急情况下来不及放号了，才吹哨。我当战士的时候，中队就有这样的规定：哨音连续短声"嘟嘟嘟……"表示犯人越狱，哨音一长一短"嘟……嘟嘟"表示犯人在狱内闹事。以看押为主要任务的中队官兵，听到哨音能不紧张吗？新兵对军营尚不熟知，有时还分不清楚军号的命令。

军号声会随时代变化而调整，我想以后不只是实物，就连声音也会消失。不信你看，在香港驻军中，有的军营已经取消放军号了。

老 乡

亲不亲，故乡人。老乡是故乡的月亮，有一丝熟悉，有一丝亲切，有一丝安慰。身在警营的兵们，一般情况下，总有一些老乡见老乡两眼泪汪汪的情结，节假日爱往老乡那里跑，工作或生活中遇到难题喜欢到老乡那里找答案，老乡似乎是永远的依靠。

老乡，在市里以县为界，在省里以地区为界，出了省就以省为界了。老乡是对故乡共同的思念，是对故乡共同的牵挂，是聊不完的共同语言，打断骨头连着筋。

节假日，老乡聚聚会、聊聊天，是件很幸福的事。但如果掺杂了功利色彩，那就另当别论了。"只要是XX腔，就能把官当！"这是在某大机关流行的一句话。一口乡音真有那么大的魅力吗？笔者不才，也出过几本书了，阅历不深，也当了18年兵了，怎么也理解不了这句话。在北京正营这个职务以上的山东籍的干部可以说是多如牛毛，可自己从一个农民的子弟成长为共和国正营职警官，从来没有沾上一点老乡的光。想来想去，认老乡的好处没有记起多少，在我18年的兵史中，被老乡害惨的一个事例倒让我记忆犹新。

某兵河南周口市人，性格比较内向，平时为人老实，工作踏实，对老乡极度信任。当时部队还允许经商，中队司务长从外地购来一批猪肚子，准备到驻地高价出售。不巧，某兵上自卫哨时，猪肚子丢了几挂，司务长就组织人去查。偷猪肚子的为某兵一个村的同乡，在中队任军械员兼文书。文书发现司务长在查此事，便找来某兵说："司务长怀疑你偷他的猪肚子。"某兵感到满肚子委屈，但有口说不出。文书又找到某兵说："司务长看你老实，欺负你。"一天，某兵越想越觉得气愤不已，便找文书商量如何报复司务长。文书不但没有制止，反而说："要是我被这样欺负非枪毙了狗日的不可，你这人也是太窝囊了！"这天傍晚，某兵趁换哨的机会，抄起枪就往司务长室跑，文书紧随其后。某兵正扣动扳机的时候，文书顺手托起了枪管，五发子弹全打在天花板上。事后，某兵受到劳动教养三年的处理，而文书则荣立了二等功，回老家安排了工作。

是"老乡、老乡，背后一枪"，还是"老乡、老乡，让你遭殃"呢？我说不出来。不过，这是一个真实的故事。

评功论奖

我敢说，在所有社会群体中，军人的荣誉感是最强的。在革命战争年代，一些军人为了团队的荣誉，不惜牺牲自己的生命；在和平建设时期，军人也把荣誉作为自己至高无上的追求，往往以各种形式纪念为团队赢得荣誉的人或事，像建立荣誉室、设立光荣榜、往家寄立功受奖喜报等。

每年的11月中旬，通常是年终总结的日子。在年终总结会上，大家最关注的事情就是评功论奖了。孩子都是看着自己的好，工作都是觉得自己干得多，这是一般人的通病，在某种程度上也是最正常不过的事了。作为政治教导员，部队基层的党委书记，要注意做好三件事：把方向、抓大事、管干部。评功论奖，关系着工作导向，关系着一个单位的全面建设，也关系着一个人的成长进步，既是敏感的事，又是大事，抓不好就会挫伤一部分人的积极性。2004年是我担任政治教导员后第一次经历年终总结，作为曾经的组织股长，深知其意义的重大。在评功论奖问题上，经广泛的"个别酝酿"后，拿出了议案。但一些同志从本人及小单位角度出发，有些想不开。为此，我组织他们学习了这样一段话。

一只蜜蜂和一只黄蜂正在聊天。说着说着，黄蜂就发起了牢骚。黄蜂气恼地说："奇怪，我们两个有很多共同点，同样是一对翅膀，一个圆圆的肚子，为什么别人提起你常常是开心的，说是益虫，而提到我时却总说是害虫呢？"

蜜蜂听后，扇了扇自己的翅膀，但没有说话。黄蜂于是又愤愤地说："我不明白，真要和你比起来，从外表看，我有一件天生的漂亮黄大衣，而你却忙里忙外，成天脏兮兮的，我哪一点不如你呢？"

蜜蜂想了想说："黄蜂先生，你说的都对。但我想，人们之所以会喜欢我，是因为我给他们采蜜吃，给一些农作物授粉，请问你为人类又做了什么贡献呢？只是让他们欣赏你的漂亮大衣吗？"

黄蜂没好气地说："我为什么要帮助人类做事，应该人类来帮助我才对吧！"

蜜蜂接着说："黄蜂先生，如果你希望别人怎样对待你，那你就得先怎样对待别人。任何事情都是相互的，不可能只有获取没有付出。"

这段话学习完之后，我对大家讲道：在评功论奖时，很多人常会有怀才不遇的感慨，觉得自己有那么多的优点、才华、能力，却没有人懂得欣赏。自己干了许多工作，别人包括领导总是看不到，自己在他人眼中似乎总被忽略、冷落。其实，就像故事中蜜蜂与黄蜂一样，一个人在这个世界上的价值，不在于其拥有什么，而在于为旁人付出了什么；不在于其拥有哪些优势、才华、能力，而在于其用那些优势、才华、能力为旁人都贡献了什么。一个人的存在如果无法成为别人的幸福，那么拥有再好的条件也是枉然。

作为一名战士想着自己干的事，作为一个班长想着本班干的事，作为一个中队主官想着本中队干的事，都是正常的。但作为一个真正意义上的"兵"，只想着自己或本单位干的事是远远不够的，部队是一个战斗的集体，自己生活在这个战斗的集体里，就要为集体荣誉而战。部队的性质决定了只有集体的存在，才有自己的存在；只有集体的荣誉，才会有自己更多更大的荣誉。

同志们，那就把战友的荣誉看作自己的荣誉，为战友的进步和取得的荣誉而高兴吧！

打勾击

我不吸烟,不嗜酒,要谈业余生活,除了写作,就是打勾击了。

打勾击,是一种扑克玩法,据说起源于胶东,后来就成为山东人的娱乐项目了。无论走到哪里,只要看见打勾击的,肯定是山东人或和山东人接触较多的人。我在山西上学的时候,我们老乡一聚,往往是凑够六个人,就在一起玩这种扑克游戏。外省的左看右看也看不出其中的门道:一手抓这么厚的一摞扑克,怎么出呀!

打勾击,要有六个人,四副扑克才能玩。六人坐定,每隔一人为一家,也叫联帮,意思是说要联合帮助的。谁先摸牌也是有讲究的,其中一个人掀开一张牌,按顺时针或逆时针数,轮到谁谁先摸牌。牌摸完后,谁先凑齐了同一花色的两个"3",谁先出牌,出牌按大小顺序来。不过,出到五个"10"、四个"J"、三个"Q"、二个"K"、二个"A"、一个"2"以上时,就不能按顺序来了,只能正对面地打,若是打不了,也就出牌了。"2""大鬼""小鬼"是可以随牌一块出的,随什么出算什么牌。谁出完牌谁就胜利。最先出完牌的两名"吃贡",最后两名"进贡"。

打好勾击是件不容易的事,要记住对方的牌,又要争取不让下一家顺牌。出牌要通盘考虑,先出啥,后出啥,等转过一圈来又出啥,要把握好。要自己争取先走,又得拖着对方后走。打勾击是要有奉献精神的,有时为了整体利益要牺牲个人利益。这样,才能配合好,才能不被联帮说"臭"。

我最初学打勾击的时候，是 1990 年的春节。当时，我在某机动中队当班长。班里有六个人，就我不会打勾击。为了和战友们沟通感情，为了缓解他们春节思家的情绪，我就跟他们学起了打勾击。那时，我们班有两个龙口兵、一个招远兵、一个即墨兵，这构成了我们班打勾击的台柱子。中队每次搞比赛，我们班都能争个第一、二名回来。

打勾击时，如果能把日常性思想工作融进去，有时会有意想不到的效果。1998 年初，我调任某中队任指导员，知道战士李晓因为和女朋友分手，情绪有些波动。我便拉着他打勾击，当他最后六个"Q"一块冲的时候，我说了这么一句话："媳妇跑不了，处处有芳草，最后你不还抱着六个吗？"他一怔，笑了。从此，他像变了个人似的，全身心地投入到工作中去了。

打扑克

扑克，是官兵周末或节假日娱乐活动的重要工具。我在前一篇《打勾击》中，写到了打勾击是山东人的招牌。在军营里待的时间长了，转的军营多了，才知道许多军营都流行打勾击。现在想来，对于扑克的玩法，一个地方有一个地方的方式，一座军营有一座军营的规矩。

据传，扑克牌源于我国宋代民间流行的一种叫"叶子戏"的纸牌。在其基础上，威尼斯商人创造了现在的扑克牌，用于游戏和计算日期。扑克牌是根据历法制成的。一副扑克牌除大小王外，共52张牌，代表一年52个星期。红桃、方块、梅花、黑桃四种花色，代表着一年春、夏、秋、冬四季。红、白两种颜色，代表着一天中的白天和夜晚。每种花色13张牌，代表着每季有13个星期。大王代表着太阳，小王代表着月亮。54张牌，加起来365，代表着一年365天。

我当战士的时候，我们中队领导玩扑克的做法，绝对是一道风景。周六晚上，天还没有黑，灯就高高地挂起来了，文书和通信员忙得不亦乐乎，抬完桌子，再搬椅子，热腾腾的茶水一上，打扑克的人就凑齐了，依次坐着队长、副队长、副指导员和胖乎乎的炊事班长。从头一天太阳一落山，副队长和炊事班长脸上就开始长纸条，一直长到第二天太阳爬上树梢，吃早饭时不知是碗里的面条多还是脸上的纸条多！边吃面条，边愤愤不平地说："下周接着打！"可下周仍是这样，屡败屡战。

到北京当兵后，我又学会了一种新的玩法，叫"升级"。打升级需要两副扑克，底牌留8张，由四个人玩，每正对的两人为一家。大王为大，小王次之，"2""J""A"必过，以得分的多少论输赢，80分为界，台下80分谓之上台，台上每40分升一级，也有10分或20分长一级的，具体情况在开牌时讲好规矩，各自遵守就是了。由一年长或职务高的人开牌之后，逆时针数，数到谁谁就先起牌，打升级就这样开始了。开始后，大王带红"2"的亮牌，小王带黑"2"的亮牌，先亮牌的为台上。打完"2"后，再打"3"，打什么以什么为主，亮什么除了大王小王外它最大。打到"J"或"A"时，要是台下"J"或"A"最大，这就麻烦了。台下"J"大时，要重新从"2"打起；台下的"A"最大时，要重新从"J"打起，这叫"辛辛苦苦十几年，一下子到了解放前"！如果在台上的亮不起（没有大小王和正打的那级牌一张，或者颜色不对），那台下的亮；台下的也亮不起，就翻底牌，翻到的那张牌，与谁的色和号对上了，谁就在台上。打升级，也有反客为主之说，如果台上一方亮了红桃，台下的一方有一对相同颜色的牌和王，原来的主作废，而反上来的这一方则成了主。如果两个大王、小王和四个颜色的牌反了，这叫无主。无主的牌，被反的一方是很难打的。

打扑克就是娱乐，业余时间融洽融洽同志之间感情，消磨消磨时光也未尝不可。但一旦没有了节制，感觉就不一样了。打扑克的时间久了，特别是"曲终人散"之后，看着自己腰酸背痛的样子和脏兮兮的双手，一种无言的惆怅便涌上心头，突然有了这种感觉：不知是人玩了扑克，还是扑克玩了人。人累了、乏了，浪费了青春好时光，变老了；扑克变毛了，变厚了，变得破烂不堪了。

打扑克如喝酒，少喝有益，多喝有害，有瘾是灾啊！

唱　歌

　　当兵的历史就是唱歌的历史,从一入伍就学军歌,到现在当兵18年了,都一直在唱军歌。我当兵后,学的第一首歌是《军营男子汉》,教歌的是一排的排长,他那带着胶东口音的浑厚的男中音,让我感到了从没有过的新奇与自豪:"……真正的标准男子汉,大多军营成长。不信你看世界的名人,好多穿过军装……"军营真美,军营真壮观!学的第二首歌是《当兵的历史》,这首歌正好反映我当时的心态,"十八岁,十八岁,我参军到部队,红红的领章映着我开花的年岁,虽然没有戴上大学校徽,我为我的选择高呼万岁……"没有上大学的失落感,与某女同学似有非有的倾诉,阿Q精神一样的胜利法等等,十七八岁所有的复杂情感都在其中发酵,那个醉啊,那个酸啊,真是说也说不清楚。直到后来,我走到哪里就哼到哪里,一直偷偷地哼了七八年。

　　对于唱歌,《军队基层建设纲要》是这样规定的:队列集会有歌声。兵们走到哪里,歌声就唱到哪里,就是停在那里也要唱歌。饭前一首歌,开班务会前要唱歌,点名前要唱歌,行军打仗要唱歌,开大会、看电影或者大型活动前更要唱歌,有部队就有歌声,整个部队就是歌声的海洋。在部队,歌声就是精神状态,就代表着军人的士气,就代表着部队的战斗力。歌声不嘹亮的部队往往被认为是没有战斗力的部队。要是哪个班或排因歌声不嘹亮挨批了,上级说到下次集合还要继续听,回去之后,这个班或排准一个劲地练。你听,哨位上,宿舍里，睡梦中，都哼着那首歌，充分体现了军人不服输的精神。我敢说，军营虽不是音乐学院，但绝对是个生产歌手的地方，而且是生产像帕瓦罗蒂这样男高音歌手的地方！

　　在部队，唱歌也要搞比赛。不同类型的歌咏比赛有不同的味道，有满汉全席，也有江南小吃。一般情况下，支队每年搞一两次的歌咏比赛。我们支队每年老兵复退前都要搞一次歌咏比赛，不仅要评出名次来，而且是一个单位在全支队官兵面前集中的最后一次亮相，更是支队"警营文化节"的开篇之作，大家都非常重视。在搞歌咏比赛前，就"八仙过海，各显神通"了，张兵的二姨在总政文工团，李兵的二姑是中央音乐学院的教授，胡兵的二舅是北京地区有名的"星""腕"，统统请到支队。这里一曲阎维文的《小白杨》，那里一曲王宏伟的《咱当兵的人》，营区内群英荟萃，众星闪烁。一到比赛的时候，更是令人惊叹不已，拍案叫绝。用武警文工团一位领导的话说，"直属支队的歌咏比赛水平不亚于专业水准！"除了支队搞歌咏比赛外，大队也搞。大队搞歌咏比赛，是中西结合，分外妖娆。说西，是因为演唱者总是随着唱片唱歌，总有种不搭的感觉。说中，是因为自编自演的小节目穿插其中，妙趣横生，其乐无穷。在中队范围内，有排与排的比赛，也有班与班的比赛，还有个人与个人的较量。个人与个人的比赛，往往就赛谁的嗓门大了。

　　当兵前真没有想到，直线加方块的部队竟与讲究抑扬的歌声有着这么深的缘分！

下象棋

军人天生就是战争的主儿，没有战争就没有军人。节假日里，张兵从抽屉里拿出中国象棋，往宿舍的桌子上一摆，便大呼："来，来，来，让我杀你个片甲不留！"随之，一场位于"楚河""汉界"之间的战争开始了。

中国象棋，又称"象戏""橘中戏"，由先秦时代的博戏演变而来。战国末期，盛行一种每方六枚棋子的"六博"象棋。唐代象棋有了一些变革，但只有"将、马、车、卒"四个兵种。宋代，中国象棋基本定型，除因火药发明增加了炮以外，还增加了"士""象"。到了明代，将一方的"将"改为"帅"，便和现代中国象棋一样了。

在中国象棋棋盘中间，常有一区空隙，上写有"楚河""汉界"字样。这里面也有一段历史故事。据史料记载，"楚河""汉界"在古代的荥阳成皋一带，北邻黄河，西依邙山，东连平原，南接嵩山，是历代兵家必争的战场。公元前203年，刘邦出兵击楚，项羽粮缺兵乏，被迫提出了"中分天下，割鸿沟以西为汉，以东为楚"的要求，从此就有了"楚河""汉界"的说法。

兵们越聚越多，红方跳"马"，绿方架"炮"，杀得难分难解。这个说拱"卒"，那个说出"车"，左边的支持红方，右边的支持绿方，一场棋外的战争也开始了！

一般情况下，下象棋是个人行为，节假日时，中队没有集体活动的情况下，平时两个关系不错的兵就会开始对弈。但是，棋下出了一定名堂，或者说在班里没有对手了，那就成了集体荣誉。为荣誉而战，是每个"棋手"义不容辞的责任。班长李对班长王说："不服？让我们班的张兵教训教训你！"班长王当仁不让："来就来，谁怕谁呀！"于是班与班之间的较量就开始了。双方班里的兵就成了啦啦队，为本班的胜利欢呼雀跃，为本班的失利摇头晃脑，为一个"炮"的摆放争论不休，为一个"兵"的丢失懊悔不已。不知谁说了一句"君子观棋不语"，场面立刻变得鸦雀无声。棋子在棋盘上冲锋陷阵，大家的脑子在飞速运转，直杀得天昏地暗，晚饭都忘了吃。不服？明天再来！战书又下了。

最有意思的是假日里中队组织的象棋比赛。副政治指导员宣布完比赛规则之后，兵们在俱乐部里一字排开，一场棋盘上的战争开始了，听那噼噼啪啪的声音，还真有点"沙场秋点兵"的味道。

当天晚上，兵在梦里说："我出'车'！"

外出纪事（一）

在部队官兵与当地老百姓的交往当中，双方发生纠纷，部队的人往往主动承担过错的责任，这似乎成了习惯。

一日，士官刘兵和列兵小龙外出购买了一双皮鞋，可没有想到鞋子穿了一周，鞋底就开胶了。于是，他们请假半小时，没有顾得上着便装，就到卖鞋的小店去调换。鞋店女老板一看来了两个当兵的来找她换鞋，就撒了泼："傻当兵的，你穿着皮鞋乱跑乱踢，把鞋故意弄破了来找我！"二人觉得店主不应该对自己出售的鞋不负责，更不应该说他们故意把鞋弄破，尤其不应该说侮辱军人人格的话。这样，双方发生了争执。正在争执时，店主的弟弟骑摩托车从外边回来，二话没说，抄起一根棍子就打这两名战士。两名战士见状，把在部队学的"防左夺棍"用上了，三下五除二就解决了。刚把棍子夺下，这姐弟俩就大喊："武警用棍子打人了！武警用棍子打人了！"周围的群众迅速围过来，店主弟弟故意趴在地上发出呻吟声。刘兵二人见此情景，怕把事情闹大，更怕影响武警战士在人民群众中的形象，放下棍子，向店主姐弟二人道了歉，并拿出了身上仅有的500元钱，赔了"医疗费"，才得以脱身。

这事在中队传开之后，大家议论纷纷。有的说，这事只怪刘兵倒霉，遇上了"赔了夫人又折兵"的事；有的说，我们当武警，这身功夫白练了，干脆把这泼皮姐弟俩打一顿算了；有的说，刘兵二人不但没有维护武警部队的形象，反而给人民群众留下了武警战士不懂法、不守法的印象。中队了解这一情况后，认为这事除这二人法律意识不强外，还因为过去只要警民发生了纠纷，往往认为是战士的过，无论谁占理，战士往往都得高姿态赔礼道歉的做法，误导了战士，这种行为也应该改一改了。于是，他们在积极向地方执法部门反映此事的同时，在部队中开展了"增强法纪观念，维护合法权益"的教育活动，并就上述三种观念进行了讨论。话不说不明，理越辩越清。大家认为，以上三种观念，第一种自怨自艾不可取，第二种武夫的行为不妥当，第三种倒十分有道理。

　　事后，地方消费者协会的同志带着店主，让她当面向刘兵二人道了歉，退还了那500元钱，并调换质量较好的皮鞋。刘兵高兴地说："这是买鞋给我买来的知识和教训啊！"

外出纪事（二）

我们部队在形成的过程当中，是与人民群众唇齿相依，有着血肉联系的。因此，我们始终视人民群众为父母，把驻地当故乡。但是，有些人却利用我们对人民群众的热心、爱心和感情来欺骗我们，实在令人难以忍受。老兵张飞外出时就遇到这样一件事。

这是一个星期天，张飞按规定请了假，来到一家商场门前。正准备进商场时，一个衣衫褴褛的中年妇女拦住了他的去路，哭诉自己家庭的不幸遭遇，说自己住在河南上蔡县，家里的两个孩子都因卖血得了艾滋病，准备到北京治疗，路费又被小偷偷走了等等。张飞耐心地听着，但越听觉得漏洞越多，便把从兜里掏出的100元钱放回了兜里。这妇女见状，抱着张飞的腰不松手，致使许多群众上来围观。但是，张飞不管她怎么说，就是没有把那100元掏出来送给这名妇女。时间一久，这名妇女见骗术无效，只好悻悻走开。

感到十分不快的张飞，再也没有心情买东西，只好回到了中队，并把这事报告了班长。谁知班长竟把张飞狠狠地批了一顿，说我们武警部队的宗旨就是全心全意为人民服务，不管这名妇女说的真假，都应当帮助，更何况有那么多群众围观。作为军人，要在人民群众中树立我们的形象，掏这100元也值。其实我认为，张飞对人民群众富有同情心是对的，应当给予鼓励。但对于这种违法行为要敢于斗争，敢于报警，敢于把这名妇女扭送到公安机关。作为一名武警战士，形象的树立不仅体现在帮助人民群众上，更应体现在与社会上的不良行为特别是违法犯罪行为作斗争上。

　　武警部队是守法护法和执法的部队，只有靠自觉地遵守法律、坚决地维护法律的权威性，才能真正树立起我们武警部队的威信和形象。花钱买不来形象，反而会损害形象！让群众觉得武警部队不懂法、不守法！

齐　步

　　齐步、正步和跑步,在部队号称"三大步伐"。而齐步是军人的最常用步伐,也是最基本的步伐。

　　齐步用老百姓的话说就是"走路",走路谁不会呀？可不能这么认为。队列是直线加方块的,试想走路如果不在方块内走,成百上千的人在一起那还不乱了套。齐步的"方块"是这样规定的：左脚向正前方迈出约75厘米,按照先脚跟后脚掌的顺序着地,同时身体重心前移,右脚照此法动作；上体正直,微向前倾；手指轻轻握拢,拇指贴食指第二节；两臂前后自然摆动,向前摆臂时,肘部弯曲,小臂自然向里合,手心向内稍向下,拇指根部对正衣扣线,并与最下方衣扣同高,离身体约25厘米；向后摆臂时,手臂自然伸直,手腕距裤缝线约30厘米。行进速度每分钟116至122步。为了方便记忆,一般情况下班长都会说这样的顺口溜,以帮助记忆："脚跟先着地,脚腕稍用力,膝盖向后压,重心向前移！"

　　练齐步容易,走好难。手臂要自然摆动,怎么算自然？从小时候跟父母学走路到参军这十几年,每个人都会自然走路。但是,一个新兵连几百号人在一块走齐步就不自然了,你看那些刚报到的新兵在一起走,手臂的摆法各异,长短不一,有点像豆芽放在袋里——横竖不整,与部队要求相差甚远。脚统一起来更难。先天不足者比比皆是,有的习惯于先迈右脚,有的天生就是"八"字脚,"八"字脚又分内"八"字和外"八"字,走起路来里出外拐。手脚统一起来也不是一件容易的事，按规定是先迈左脚摆右臂，但有的习惯于先迈右脚摆左臂，更有甚者迈左脚摆左臂或者迈右脚摆右臂，这叫顺脚或者顺拐。所以，在新兵连里，"齐步——走"走不齐是正常的事。

练齐步的方法，一般是先分解后连贯，就是说先练摆臂后练挪步。摆臂练习，在立正的基础上，向前摆臂时口令下达为"一"，向后摆臂时口令下达为"二"，这样"一二，一二……"交互练习。挪步练习，就是先在训练场上打下75厘米宽的格子，按先脚跟后脚掌的顺序着地，先迈左脚后迈右脚，每步一格。说起来容易做起来难，在身体微向前倾的基础上，手脚做起来规定的动作，不是一件容易的事，没有一个星期的时间专门练是练不会的。即使练会了，也常有穿军鞋走"老路"的现象，只有反复抓、抓反复，训练几十个甚至上百个回合之后，兵们才会有军人走齐步的样子。单个练好了，再练班的；一个班练好了，再练排的……

成为一名真正的军人是一件十分不容易的事，光走路这一项就够你难受的。

想当兵吗？却步了吧。

女　兵

　　"剪去飘柔的长发,脱下潇洒的花裙,一身戎装,青春里长出绿色的年轮……"这首《啊,中国女兵》在空中飘扬,让我意识到了女兵的存在,想到了曾经"敬而远之"的她们。

　　符合入伍条件的女孩子,一穿上军装就成了女兵。女兵在部队,特别是以男兵为主的集体里,总有种众星捧月、鹤立鸡群的感觉,总是灿烂得如鲜花、芳香得不可比拟的,再丑的女兵,总有一群潇洒倜傥的男兵送去眼巴巴的目光。不信,有诗为证:"走出去的是绿/走进来的是绿/站立的是绿/倒下的是绿/飘动的是绿/挥舞的是绿/满身的绿/满眼的绿……绿得单调/绿得乏味/偶尔过路的蝴蝶/让所有的绿/失去了魂魄……在这绿的世界里/又多了一个神话。"像我这样五短身材、相貌平平、脸皮薄得风一吹就红的人,是没有机会也找不到理由接近她们的,所以对她们也只有"敬而远之"的份。

　　鲁迅先生在《藤野先生》中说过,大概是物以稀为贵。北京的白菜运往浙江,便用红绳系住菜根,倒挂在水果店头,尊为"胶菜";福建野生的芦荟,一到北京就请进温室,且美其名曰"龙舌兰"。我说孩子少了也当宝。当年没有计划生育的时候,孩子多得不当回事,农村的往地头上一摞就锄地去了,城里的往家里一锁就上班去了。现在,计划生育后,孩子金贵得不能用语言表达,一点感冒发烧的小病就要住北京的儿童医院。在部队,这个以男性为主体的世界，女兵绝对是宝贝疙瘩！

据一个女兵中队的中队长讲，女兵走进军营的第一件烦恼事，就是将头顶那一缕缕金黄或者乌黑飘逸的秀发剪掉。听着"咔嚓咔嚓"的剪刀声，她们感觉比剜自己的肉还心痛，看着那泪水婆婆的样子，还真以为头发上有神经元呢！剪去了头发，就剪去了女性的个性，就剪去了女性的骄傲和自信。看着她们在镜子前转来转去的样子，以及碰到人就想躲开的神情，大家还以为她们犯了什么错误。一个女兵极不情愿地走在街上，或者从理发店回来的路上，后边一个陌生的声音说："前边有兄弟长得这么矮，一定是个后门兵！"若是在当兵前或者当了班长之后，她肯定会以伶俐的口齿与他吵个没完，而今天却不敢，只是快步回到了中队。回到新训中队后，干部骨干看她这个样子，立刻表扬几句："头型真精神！"她赶忙去拿镜子照，反复几次之后，脸上立即飞挂了彩虹，一种当兵的自豪感油然而生：当兵真爽！

许多在家比较纤弱的女孩子，一穿上军装就像和面掺上酵母粉，蓬蓬勃勃地发展起来，不看她的面容，只听她训练场上的喊杀声，就明白巾帼不让须眉。

男兵盼壮，女兵怕胖。这是正常的事。女兵们为了自己的身材苗条，有时不得不在吃饭上玩虚的，肚子饿得咕咕叫也最多只吃半饱，能吃一碗饭吃半碗，直至一些男队长或指导员不放心："人是铁，饭是钢，这样的饭量怎么能完成繁重的执勤和训练任务?!"女兵的业余时间是很幸福的，边吃巧克力边听着MP3，边想着贝克汉姆样的男兵边议论着"小护士"和玉兰油，知道的明白她们是来当兵的，不知道的还以为在举办什么研讨会。

我写上面的这些文字，是听人说的，也有个人的合理想象。我一直有和女兵接触的想法，但机遇总不偏爱我，直至今天也没有正儿八经和女兵接触过。我当兵的地方，是一个以看押犯人为任务的基层中队，没有女兵，也极少见到女兵。但是，地方大学生军训的时候，我初当干部时训过一个月的地方女大学生。一天，进行正步踢腿训练时，一个女学生要请假休息。对工作认真得一直有些刻板的我，非要人家说明理由再休息。这个女学生好像故意和我较劲似的，就是不说。时间一久，她委屈得哭了，但还是没说。第二天，学校辅导员找到我说，人家来"那个"了。

我一脸的茫然。初中时曾经学过的一点生理知识，早就已经都还给生理老师了。

迷"彩"

普通在营的兵中，因平时训练任务紧、部队管得严等原因，迷恋彩票的现象倒不常见。但外出机会较多的兵中，买彩票的现象却并不鲜见。战士王刚是一个单位的文书，平时外出机会多，见不少人排队买彩票，抱着试一试的态度，买了一注，没想到一下子中了四等奖。他又拿着中奖所得的200元，买了100注。可是，这100注，只中了几个六、七等奖。他从此就开始琢磨起了彩票，正课时间看报纸，业余时间找规律，先是足彩，后是福彩。几年下来，自己的工资和津贴全部投入进去了，几百万元的大奖没有得到不说，连自己平时爱写写画画的特长也丢了，工作中常常挨批评，一期士官没有干完，就悔恨地离开了警营。

彩票，又称"奖券"，俗称"白鸽票"。彩票是以抽奖或摇奖等方式进行的筹款方式。早在15世纪，欧洲就开始流行彩票业。我国的彩票业发展，始于清朝末年，是江苏、安徽、湖北等地官府以招募捐赈名义发行的一种收敛钱财的凭证。我国目前的发行彩票，是前些年新兴的产业，产生了重要的社会效益和经济效益，并为许多人提供了新的就业机会。但是，也应当看到，彩票使社会风气浮躁，激起了一些人的不劳而富的贪欲，给社会的发展埋下了隐患。虽然每张彩票只有两元钱，但对于兵们来说，自己的津贴和工资用来买彩票，随着时间推移会加大投入，也会是一笔不小的开支，甚至背上较重的经济负担和思想压力，有时还会诱发不良案件和事故，不利于个人的健康成长，不利于部队的行政管理，也不利于部队良好作风的养成和战斗力的提高。作为武警部队的一名战士，天天执勤，经常处突，随时反恐，可以说任务是相当繁重的。人的精力是有限的，在这方面投入了过多的精力，那方面势必要受到影响。如果把精力过多地投入到买彩票想中奖上，工作表现肯定下滑，任务就不可能完成。再说，部队是高度集中统一和有着严明纪律的战斗集体，对于外出等有着严格的规定，不可能让兵天天出去买彩票。中奖具有偶然性，天上掉馅饼的事不会轻易掉在一个人的头上。中大奖的事现实生活中没听说几个，花钱买教训的事倒听说了不少。

　　战友，听说过大海捞针这个故事吗？你想捞就捞吧，不过，别翻了船，别把打捞的家什挂在暗礁上，做赔了夫人又折兵的傻事。

　　噢，你不想乘船去捞，想赤身裸体去摸？那就去吧，变成鱼儿，最好是鲨鱼或鲸之类！

军　帽

军帽，最初留给我的记忆是灰色的。20世纪80年代初期，要是谁有个军帽，那真是无上的光荣，比现在女人耳垂上吊个大金坠子还显眼，招人眼馋。因此，军帽往往成为抢劫者的目标。据传，一个公社的电影院放电影入场时，军帽被抢得一个不剩不说，有一个人还被歹徒扯掉了头发。

当兵之后，军帽留给我的都是刻骨铭心的回忆。武警山东总队济宁支队那个教导队，装满了我新兵连里的故事，其中一件就是关于军帽的故事。按常理，一个课目结束时，都要进行会操。这一天，会操开始了。立正、稍息、停止间转法行云流水般一气呵成，肩枪动作做得干净齐整、准确到位，白手套闪过之后，那声音如一人所发，立即引来观众哗哗的掌声，观看的首长也微笑着点点头。班长从掌声中听到了自己的成就，眼睛也放出光来，口令顿时洪亮了几分。

下一个动作是肩枪换挂枪。"挂枪——"班长一声大吼，我们齐刷刷地右手移握护木，右臂前伸将枪口转向前，再两手协力将背带从头上套过……谁知，一个战友不知是紧张，还是动作不够协调，军帽一下子掉在了地上。

全场哗然，教导队长也替我们摇头惋惜。班长还算冷静，命令那个兵捡起帽子，接着下口令……最终，我们班因这小小的失误只得了第二名。对于这个结果，我们都觉得很难受，都埋怨这名战友，尽管教导队长专门表扬了我们。同时，也让我明白了一个道理：战场无亚军，在部队这种战斗集体中不能出纰漏。

一天，某支队的尖子兵正在进行实弹射击。这是参加总队比武前的最后一次射击了，大家都想多体验体验，瞄得细之又细。而在靶壕负责检靶的同志，也有些耐不住性子，想多打几枪。射击进行到最后一轮时，同组的都报告了"射击完毕"，唯有李兵瞄了又瞄，舍不得把枪膛中的最后一发子弹打出。在靶壕里的张虎脾气急，动作快，一跃，露出了头。枪正好响了，张虎的帽子打了几个旋，落在了靶前面的空地上。大家以为张虎这下子完了，谁知他竟毫发无损，只是惊出了一身冷汗。原来，张虎决定上去检靶前，戴了旁边另一个战友的帽子。这个帽子较小，只是轻轻地卡在了张虎的头皮上！这个军帽救了张虎的命。

关于军帽，一篇文章的结尾曾这样写道："军帽戴久了，脑袋上便留有一圈印记。它很容易使我们想到孙悟空头上的那具'紧箍咒'。紧箍咒束缚了猴子本能的狂妄自大、放纵自由，约束着他走向人间的正道。而我们头上那深深的印记，又是什么？答案就在你我那顶军帽里……"

军旅留言

老兵复退,大家习惯让战友或首长题几句话,有的是找个像样的笔记本,有的专门购买军人纪念册,还有的上级机关为每一个老兵制作一个留言册。总的目的,就是让老兵把自己对部队建设的意见和感怀留下来,让新兵、留队的战友或部队的首长把对老兵的祝福写下来,让他带回去。记得一位曾经在深山老林看仓库的班长说过,为了防止自己和兵们失语,他业余时间最感兴趣的事,就是面对高山丛林,大声朗读历任老兵给他们留下的赠言。

我给一个战士写过这样一段话:"学生的学历印在纸上,战士的履历写在身上:政治合格、军事过硬、身体健康、全面提高。"

一个中队政治指导员这样写道:"警营励斗志,橄榄注深情。我们有幸相聚,却无法拒绝离别。当军旅生活中最后的一抹彩霞出现,让我们彼此拥抱,告别逝去的昨天,并为明天祝福。"

一个中队长这样写道:"昨天,带着父母乡亲的殷切期望参军入伍,几多光荣;今天,背着部队锻造的累累硕果,百倍信心!"

司务长张根发曾经这样写道:"当兵两年,听党指挥730天,爱国奉献730天,严守纪律730天,爱军习武730天,文明礼貌730天,革命气节730天,官兵友爱730天。对灯红酒绿拒绝100%。军装在身,时刻听从党召唤;武装在心,一生一世听党安排。"

一个排长这样写道:"我的好兄弟,莫让荣誉的光环化作索取生活的资本,莫让失利的酸楚停滞了你前进的步伐,莫让无尽的缠绵束缚你的翅膀。是军人就要挺直了自己的脊梁，让心中充满阳光。"

一个刚转一期的士官这样写道："曾经东南西北中，同度酷夏与寒冬；甘愿接过手中枪，保我中队好传统。"

一个入伍一年的士兵这样写道："想家的时候你没有哭，受屈的时候你没有哭，考学落榜你没有哭……你说，眼泪不属于军人。当我眼泪沾湿了你的军装时，班长你不要批评我，因为离别与懦弱无关。"

是的，亲爱的战友们，今天你以中队为骄傲，明天中队以你为骄傲。没有什么能挡住军人前进的脚步，没有人能比过军人宽阔的胸膛，没有什么能压倒军人的肩膀。踢过正步的双脚必然坚实有力，扛过钢枪的双肩必然撑起一片朗朗天空。

去留无意，留言永恒！

呼 号

  呼号是部队协调动作时的口号，主要用于队列行进和训练时协调动作、振奋精神和鼓舞士气。常用的呼号有"一、二、三、四……"，不常用的有在擒敌训练队形散开时的"吼"，久远的有"提高警惕，保卫祖国"，时兴的有"首战用我，用我必胜"等等。

  不同的训练，呼号也不一样。队列训练时的呼号，就是"一、二、三、四……"。擒敌基本功或擒敌技术训练时，则要喊"嘿、嘿、打"。警棍盾牌术训练时，则是"呼、呼、嘿"。最有自豪感的呼号，是在进行分列式的训练时喊出的。没有进入检阅台时的呼号是"一、二、三、四"，进入检阅台前5至7步时，由齐步换为正步，随着一声"向右看"的号令，呼号声调立即高了八度，雄赳赳、气昂昂的样子，随着正步的步点，如滚滚洪流，豪气冲天："一、二、三、四——首战用我，用我必胜！"检阅台上的首长一定会含笑点头。这些呼号，有的是上级规定的，有的是施训者临时要求的。

  呼号不是天生就会喊的，刚当兵时，班长每天都要组织新兵们专门练呼号。班长的声音铿锵浑厚，而新兵呼号则奶声奶气，往往用劲很大，嗓子喊得直冒烟，声音却不大，没有穿透力。第二天，一个个都成了"公鸭嗓子"，咽口唾液都痛。班长说，喊呼号不是喊，而是吼，主要不是用嗓子，主要用胸腔的气流。这样既保护了嗓子，又符合了动作要领。于是，一次次、一天天，反复喊、喊反复，反复纠、纠反复，经过一段时间的训练，呼号才会喊得像模像样。为练好呼号，在新兵连里，往往一个喊完了另一个接着喊，直喊得山摇地动，直喊得荡气回肠，直喊得天昏地暗。那才叫此起彼伏呢！呼号也是新兵与新兵、这个班与那个班比赛的内容。喊得响的，往往受到表扬，可以优先休息或就餐；喊得不够响亮或者说没有军味，不仅会受到批评，而且往往有可能被留下单练，挺没面子的。呼号训得有模有样了，你真正的兵味也就有了。

呼号是一种气势，或者是一种精神状态。响亮的呼号，似在闷热的夏天被泼了一身井拔凉水，不禁为之一震，浑身充满了力量，有摄魂之感。萎靡的呼号，像久旱的庄稼苗蔫不拉几的，让人浑身发软，昏昏欲睡。

呼号是兵的晴雨表。工作顺利的兵，呼号喊得干脆利索，富有朝气，信心神气十足；工作不顺心、家中有烦恼的兵，呼号喊得再响，也是神魂脱壳，没有穿透力；闹情绪的兵，喊呼号时，或是只张嘴不出声，或是绵绵如秋雨，或是歇斯底里拉长声、出怪调。

呼号是部队的战斗力。呼号齐整、响亮的部队，士气高、战斗力强，如下山的猛虎，遇山开道，遇水架桥，如拉满弓的箭有一种势不可挡的锐气；呼号参差不齐、声音不大的部队，往往士气涣散、人心思乱，没有战斗力。战斗力最强的，在我的记忆中要数三国时期的张飞张翼德了，他的长坂桥一声断喝，不仅击退了曹军百万，而且使曹将夏侯杰"惊得肝胆破裂，倒撞于马下"。

当然，"雷声大、雨点小"或者"雷声小、雨点大"的兵在部队里也是有的，不是事前有安排，就是曾经受过奇耻大辱的哀兵。

分　工

　　为期一个月的"爱中队、爱营房、爱战友，正确对待分工"教育活动刚刚搞完，新兵小王就直接找到排长要求调换岗位。排长解释了半天也没有解释通，就找到中队指导员要求将新兵小王定为"个别人"，进行重点帮教。

　　"三爱一对待"教育活动不是搞得很扎实吗，怎么会出现这种情况？当兵十几年的政治指导员从来也没有碰到这种情况，决定找到新兵小王亲自问一问。小王按当兵的规矩，进门喊"报告"，提到名字答"到"，提到什么都说"是"之后，指导员径直地问他："是不是对分工有想法？"小王依然胸脯一挺："没有！"接着，指导员讲到正确对待分工不是一味地服从，而是要把个人的需求与部队的需要结合起来时，小王才和盘托出了自己的想法。

　　原来，小王的姐夫是一家酒店的老板，入伍前小王在姐夫开的酒店里当厨师，烧得一手好菜，并持有二级厨师证书。小王想在部队尽义务的同时，为战友们烧菜做饭，练练厨艺，日后能回到姐夫开的酒店干。若不去酒店干，自己将来复员后开个小饭馆也可以，没想到一下连就分到了战斗班。他找排长汇报思想，不但被批"这山望着那山高，不服从组织分配"，最后还被扣了一顶"入伍动机不纯"的帽子，成了排里的"个别人"，正副班长和排长都轮流找他谈过心。

　　指导员意识到问题的严重性，及时召开了干部骨干会。在介绍完新兵小王的情况后，他说："我们不要一味地责备一些新兵的觉悟低，想法多，不好带，要从现在兵的角度和社会的实际出发，做到与时俱进。小王的特长是烹饪，想在部队有限的时光中尽自己的所能，并不为过，也是很正常的需要。对于'革命战士是块砖，哪里需要哪里搬'不能强调过分，更不能强制大家落实。'这山望着那山高'，不一定是不切实际的空想，反而能成为人进取的根本动因。党的十六大强调，要重视人的全面发展。结合我们现在的实际，就是要正视新同志的正常要求，给他们搭建施展才能的平台，把他们建设中队的主动性、积极性调动起来，把他们的需要和部队建设结合起来。"

是啊！马克思曾经指出："'思想'一旦离开了'利益'，就会自己出丑。"我们部队的思想工作和管理工作，在主张牺牲奉献、个人服从组织的同时，也应从个人的需要出发，尊重他们的自我设计权和发展权。这是人全面发展的需要。

病号饭

　　病号饭，顾名思义就是病号吃的饭。无论是战争年代，还是和平时期，病号饭都体现了人文关怀，是密切内部关系，特别是官兵关系的有效载体。本人是北方人，当兵地方也都在北方，病号饭一般都是鸡蛋面条，想起它来，总有一份香甜在心中萦绕的感觉，想起了老母亲的慈祥，想起了家乡的温暖，想起了左邻右舍的纯朴与敦厚。但是，我接触的兵中，特别是南方兵，对鸡蛋面条这种病号饭并不感兴趣。原四中队班长杨正学这样说过："我是湖南人，天生对面食就不感兴趣，没想到生病之后，每次病号饭都是鸡蛋面条。不吃吧，是中队首长的关心，炊事班的同志也辛苦了，吃吧，实在难以下咽。也难怪，部队不比家里，能这样做已经很不错了！"为什么有时并不受欢迎的鸡蛋面条却又长盛不衰呢？一名司务长解释说："这是部队的一项传统，多年来一直如此。再说，中队食堂是大锅灶，做小锅饭不方便，来点鸡蛋面条方便又快捷。"

　　做病号饭的目的，是给生病的同志一种温暖，让其尽快恢复健康。如果把战士们不愿吃的东西当作病号饭，效果就适得其反了。由此，我想，病号饭也应改革一下了。形式要为内容服务，内容要为目的服务。战争年代，我军之所以战无不胜，也有病号饭做得好的关系。影视作品中政治指导员端着热气腾腾的病号饭，一到生病的战士床前，那战士就好像一下子好了一大半。这有思想政治工作的作用，也有"物质决定意识"的作用。另外，做好病号饭，有利于战士迅速康复，也有其科学的依据。医学研究表明，人体在生病的时候，味觉系统会产生一系列的变化，导致味觉功能失灵，食欲减退。对于远离家乡亲人的战士来说，难免产生思乡之情，反映在味觉系统上便转化为对某种特色食品或家乡饭菜的思念。因此，一顿可口贴心的病号饭，不仅能稳定病人情绪、缓解思乡之情，而且还能使病号配合治疗。

病号饭，做出家乡的味道。南方人爱吃大米，北方人爱吃面食，四川人爱吃麻辣菜肴，山东人爱吃煎饼卷大葱……虽不是山珍海味，但吃到自己喜欢的饭，兵们便会得到一份温暖、一份关怀，便会感受到一份亲情、一份尊重和放松。

正 步

国庆阅兵时，那一行行、一列列的队伍，穿过天安门广场的步伐就叫正步。那气势，那形象，是令人羡慕不已的，作为军人的自豪这时候常常写在脸上，溢于言表。

"正步主要用于分列式和其他礼节性场合"，这是《队列条令》里的话。齐步，用"走"字，叫走齐步，而正步则用"踢"字，叫踢正步。可见，踢正步要比走齐步费劲得多，须用力才能完成。

"两快一停"是对正步的总结，这"两快"快到什么程度，部队传统的说法是"踢腿如射箭，摆臂如闪电"。这"一停"也是有要求的：腿要绷直，脚尖下压，脚掌与地面平行，离地面约25厘米。要做好这"一停"，就要压脚尖，两腿两脚并拢跪在地上，头和身体用力向后仰……时间久了，脊柱就会有一种难以忍受的痛，脑袋也会出现空白，直至全身麻木。

踢正步踢肿腿，作为军人基本上都有这个经历。正步训练一个阶段之后，肥大的棉裤，穿的时候痛，脱的时候难，意志稍微薄弱些，两滴清泪就会从眼眶中流出："我的亲娘啊！"

至于摆臂也是有要求的：向前摆臂时，肘部弯曲，小臂略成水平，手心向内稍向下，手腕下沿摆到高于最下方衣扣约10厘米处，约与第四衣扣同高；向后摆臂时，手腕前侧距裤缝线约30厘米。

踢好正步难，难于上青天。"神五"早已经上天了，只要你有信心、有毅力，在宇宙中遨游也不是件难事。

叠被子

"出门看起步，进门看内务"，这是一个老兵留给我的一句话。的确，内务是一个单位精神面貌和官兵士气的重要体现，是一个单位战斗力特别是部队正规化建设水平的重要标志。整理内务，最具有代表性的就是整理被子，把被子叠成"豆腐块"，放在床一头的中央。有人说："被子谁不会叠呀？"包括我的夫人都说："我的儿子三岁时就会自己叠被子了！"我十分肯定告诉这些人：没有两三月的功夫叠不好被子，没有当过兵的人不会理解这句话。离开新兵连后，我在一首诗作中，曾发出过这样的感慨，"黄军被，黄军被，为你温暖为你累"。

叠被子在地方没有太大的讲究，只要叠齐了，放在一边就行了。而在部队则不一样，特别是在兵们的眼里，则是一种象征了：是一种作风的象征，一种形象的表现。我的一个老班长对于如何叠好被子，曾教给我这样几句顺口溜：被子对折各一半，上下四层分四片；量好尺寸好分段，先整里边后整面；前后左右一条线，方方正正豆腐块。

刚当兵的时候，几乎新兵没有不怕叠被子的。一个个毛头小伙，要把蓬蓬松松的被子叠成方方正正的豆腐块，并不是一件容易的事。往往是被折腾得满头大汗、腰酸背痛，也折不出棱角来。以我18年的当兵经验，感觉叠被子主要有下面几个步骤：先将被子展平，然后纵叠三折，横叠四折，纵折要求顺，横折要求棱，也算叫棱角分明了吧。为使被子达到棱角分明、"豆腐块"般的效果，要细心做到三个字,即:展,叠,整。展要展平,早晨起床打开窗子通风之后,就把被子翻过来,平铺在铺面上。收操之后,将被子的皱褶之处一一拉紧扯平,被角或棉絮打滚的地方一一理顺。叠要齐整,纵叠均匀,三分天下,折叠处笔挺有力;横叠要留有余地,两头要等宽等距离。最磨炼人的要数整理了。被子叠好以后,放在床的中央,住上铺的兵则盘腿打坐,凝视着它,全神贯注抠捏。住下铺的兵,则从床下拉出马扎,像雕刻稀世珍品那样"打磨"自己的被子:角要抠挺,线要捋直,面要拉平,顺序是先抠角,再捋线,最后整面。抠角,被角处用手或尖细的东西如铅笔、圆珠笔等,把窝着的被角拉直,然后轻轻地往缝里掖,掖到一定的程度后一拉,笔挺的感觉就出来了。角出来之后,拉住角前后一抻,用力一捋,线就出来了。只要叠被子的时候,压实了,再拉一拉对角,一般情况下整面的任务就完成了。被子整好之后,有这样的感觉,远看像一块豆腐块,近看有棱、有角、有线、有面。棱竖直,角锋利且要自然吻合,俨然一个绿色方阵:齐整、坚定、有力,充满着阳刚之气。

叠被子不只是形式,更有其深刻的内容。叠被子的过程,是锻炼耐心和毅力的过程,是升华境界的过程,要有信心、决心,更要有耐心和恒心。被子叠得像模像样了,也就真真切切得像个兵了。

"静静的一方土/绿绿的一方田/一床草绿色的军被铺在天地间/絮着家乡的棉/牵着妈妈的线/无数的风霜雨雪都挡在外面/戎马三秋暖/抵御一世寒/草绿色军被告诉我/军营四季是春天……"

缝军被

被子用的时间长了，或者驻训回来之后，黄黄的军被往往散发出难闻的气味。这时候，你就想着把它拆拆洗洗了。这可是一项大工程，几剪刀下去，被子被分解成两部分——被套和被芯。洗是较麻烦的，把连队和面的大盆拿来，加上整整半袋子洗衣粉，足足泡上它三天，清清的水变黄了变绿了，然后拿出来，放在水池里，手脚齐上阵，揉的揉，踩的踩，水由绿变黄变清了，被芯也就算洗干净了。找个要好的战友，一人抓住一头，反劲一拧，用力拉直，被芯里的水也就拧干了。在晾衣场一晾，一天之后就干了。把反着的被芯往两个并着的单人床一放，或者在俱乐部的乒乓球台上一铺，再铺上被套，找个战友帮忙，一人抓住一边往里卷，被子就被翻了过来，不平的地方展平，不到边的披到位。

接着，最复杂也最繁琐的事就来了——缝被子。初拿针的手，并不像握枪那样随意，选择针的大小也不像对枪那样熟悉。宽大粗糙的手，捏针总有捏不住的感觉，一不小心就会鲜血直流。选针选小了，被子缝不透；选针选大了，针脚大，不好看。这时候，经验丰富的老班长就会站出来，讲捏针的要领就像操枪一样：课目，目的，方法，要求，结合动作讲解要领等等。合着的单人床或乒乓台就是缝被子的战场，是一个人的战斗，有时也是多个人的围歼。边学习边实践，几个回合下来，手被扎出了洞，活也就学得差不多了。但看看缝过的这几趟线，真像孩子走过的路：针脚有时大，有时小，有时歪，有时直。一个人的战斗，透着军人特有的倔强与不屈不挠的精神，几个人的合围体现着军人的团结与协作……活学会了，被子也缝完了。看着自己的"杰作"，你一定笑了。

晚上，躺在暖融融透着阳光味的被窝里，真是幸福无比，也感到浑身的清爽来之不易。看样子，无论想干好什么，不付出是不可能的。

战　友

真是失去了才觉得珍贵。每每听到复员或退伍的老兵，充满自豪与骄傲的话"这是战友帮的忙"，便心生几分羡慕。自当兵就在军营，从来没有离开过部队的人，可能永远没有这种感觉。

"战友"一词，《现代汉语词典》里是这样解释的：在一起战斗或一起服兵役的人。在一起战斗的人，有生死与共、风雨同舟或者有把生的机会让给他人的经历，为生死之交，是一般关系所比不上的。

我们平时所说的战友，就是在一起服兵役的人，非生死之交，但也有非同一般的情分，至少是志同道合的人：革命把我们召唤在一起，"为着一个共同的目标走到一起来了"。参军入伍，就是大家一起服兵役为国家尽义务。"战友，战友，亲如兄弟"，这是对"战友"一词从感情上的理解。"同训练，同学习，同劳动，同休息，同吃一锅饭，同举一杆旗"，这是我们对"战友"一词最直接的感觉，有着在一起生活的时间和空间。

我认为，战友更是一种网。这个网是以生命为代价，以祖国的疆域为边界，以对祖国的忠诚为经纬编织的。这种网，是一种圣洁，是一种崇高，是一种对祖国母亲的热爱之情，更是一种牺牲与奉献的无上光荣："我来到这个世界上，没有想去打仗，只是因为时代的需要，我才扛起了枪……但是我可绝不会后悔，心里非常明亮。哦！倘若国家没有了我们，那才不可想象……"

这首歌，会让当过兵的人永世不忘，也会让我们记住什么是战友。

早　操

　　部队的早操，夏季通常在凌晨5点30分开始，条令规定是以体能和队列为主，但往往由单独驻防的单位自己设定。比如，上级首长第二天要来单位检查工作，不用说临来的前一两天早操的内容肯定是清整室内外环境；要举行一个大的文体活动，早操的内容往往是进行排练或设置场地等等。一般有两个时段是落实条令比较好的时期，一个是每年4月条令月，早操一般是练队列，一个是7至9月部队驻训期间，几乎千篇一律地练体能。练队列时的兵们威武得如雕像，练体能的兵们快乐得如水中的鱼儿活蹦乱跳。

　　但是，仔细想一想，条令规定的以体能和队列为主，部队执行起来并不科学。你想一想，早操是在起床之后进行，如果练队列，睡一晚上了，身体呈一两种姿势就够皱的了，再把身体像捆起来一样练队列，肯定有些吃不消，也不利于当天的工作和生活。早操练体能，我也是不太赞成的。部队的传统体能项目就是5000米越野和400米障碍。官兵早晨迷迷糊糊地起来了，有的因夜间执勤甚至睡都没有睡醒，身体处于半休眠状态，突然去搞这些项目，势必会给官兵的身体造成伤害。正如一辆汽车一起步就强逼着它达到每小时100千米以上，必然会影响它的寿命。

　　我想在出早操方面也应体现人文关怀。因为出早操的对象是人，目的是提高人的全面素质，提高部队的战斗力，制定条令条例规范军人行为的目的也在于此。强化队列体能训练固然重要，但也应以此为根本目的，我们不能为早操而早操。没有目的性，就失去了战斗性。再说，现在的军人不应是冷兵器时代的赳赳武夫了。现代战争包括我们武警部队的执勤、处突都需要智勇双全的人。智从何处来？从学习中来，从实践中来。应该说，学习是获得知识的最重要的手段和方式，也是未来军人克敌制胜的法宝。

听说，有的部队现在已实行了开放式早操，可以去读读书，也可以去散散步，这很好！

谈　心

　　谈心永远是个温暖的话题，体现了战友间的人文关怀，体现了同志间的团结与和谐。人人都渴望理解，人人都需要倾诉，谈心是最好的理解与被理解的方式。谈是方式，心是目标，通过"谈"来攻心，目的是为了让兵心悦诚服。谈心是经常性思想工作的方法。这种方法简单易行，不分场合，不论地点，有效果就好。开展谈心活动好的单位，你看，课余饭后，宿舍内，树荫下，常有战友亲密交谈，有误会消融，有注意事项提醒，在开诚布公的氛围中交心、知心，从而达到一条心。

　　谈心分个别谈心、集体谈心，也有上级对下级和同级之间的谈心之说。谈心要有诚心。有了诚心，才会无话不谈，以心换心，心心相印。谈心要交心，自己首先把心窝子里的话掏出来，主动把自己的观点亮出来，才会初一换十五，豆皮换豆腐。谈心要比心，要多站在对方的角度想一想。谈心要虚心，对别人提出的意见和建议，要积极克服，主动查找。谈心还要先确定主题，凡事预则立，不预则废，没有对谈心对象的了解，是很难达到理想效果的。二年度战士张某早年丧父，与母亲、姐姐相依为命。而中队指导员找这名战士谈心时，先问家是哪里的？战士说："山西省洪洞县的。"后又问："家里几口人？"战士答："三口。"指导员又问："你爸爸多大年龄了？"兵先是一愣，接着流着眼泪，说自己从来没有见过爸爸。发生这样的尴尬，会令战士很伤心。谈心需要掌握一定的时机，口是开心锁，掌握好了，良言一句三冬暖；错过了时机，令人反感六月寒。小李外出时因购买东西与地方女青年发生了口角，此事传到中队之后，中队号召党小组长、思想骨干、正副班长和所在排里的排长，轮流找他谈心，弄得小李厌烦，干脆找到中队指导员："指导员，给我处分吧，越重越好！处分了，总比这样折磨着谈心好！"

谈心，是心与心的交流，需要换位思考，需要找准钥匙，一把钥匙开一把锁。达不到效果，不如不谈。要谈就要谈出效果。

入　党

　　入党，就是加入中国共产党党组织。在一些兵们的心中，入党永远是他们至高无上的追求。我在机关当组织股长的时候，一个家庭较富裕的兵找到我说："股长，只要让我入了党，花多少钱都行！"

　　入党难，实实在在地摆在了兵们的面前，有明文规定，发展义务兵党员的比例为3%，而非党员士官按40%发展党员，至于干部入党则没有明文比例规定，但并没有干部优先的原则。我所在的单位，就实实在在地发生过这样一件事。小阚在地方大学上学期间，因忙于各种活动，没有想过入党。可特招入伍当排长后，这却成了他的一块心病。作为干部，中队七个干部唯有他是无党派人士，每到星期五下午党团活动时间，他只能和一、二年度兵在一起活动，有一种羊群里出了个骆驼的感觉。于是，他私下多次找指导员，并请了中队干部的客。但在小组提名时，还是被卡了壳。大家认为，小阚积极要求入党是正确的，说明我们党支部有凝聚力和战斗力，说明我们党有勃勃生机和较高的威望。但作为干部，靠请客拉选票，自以为是干部就能优先入党，这是入党动机不纯的表现。党小组提名没通过，自然小阚入党还需要继续考察。

　　入党是一种信仰的开始，是人生中的大事，也是自己新生活的开始，无限光荣，无限自豪，具有无限的魅力。而现实生活中，有的单位却把这件大事弄得变了味：有的中队在年终总结时，明确要求凡当年入党的人员不得参加评功评奖，无形当中把入党划到了评功评奖的对立面；也有的把平时表现突出的人员选为党员，没有考察和培养，把民主评议的过程当作入党的过程，这也是错误的。

入党，是许多兵魂牵梦绕的事情。一旦入党了，就把自己的一切交给了党，包括自己的青春、热血、生命，还有爱情……

民主测评

近几年,"民主"一词进入了各项工作的视线,无论是入党、考学、转改士官,还是评选先进等都要进行民主测评,似乎只有那一个个"正"字,才能显示"群众的眼睛是雪亮的"。你看那阵势,把全中队的人员一个不剩地带到操场,前后左右的距离都在两米以上,组织者苦口婆心地说要出于公心,本着对部队负责、对自己负责、对测评对象负责的精神,填好自己神圣的票,云云。

然而,测评不准的现象也时有发生。那是老兵退伍前的一天,按惯例先要对士官改选对象进行民主测评。测评如期进行,令中队党支部想不到的是,平时工作表现一般的上等兵张春新,票数要比中队的标兵战士李严明还多三票。这事令中队党支部挺"挠头"。经查,中队党支部了解到小张的家庭条件较好,平时出手大方,经常给一些战士"小恩小惠"。得到他的好处的不少同志认为他"够朋友",因此,他在中队战士中颇有人缘。这样,一部分战士从"感情"出发,投了他的赞成票。小张如愿以偿地被选取为了士官。进行民主测评的目的,就是要让"雪亮的眼睛"发挥作用,更加准确地测量、评定候选人的德能勤绩,为支部的研究提供依据。像这种不负责任的测评,"谁给好处就推荐谁、谁与自己关系密切就说谁好",一旦被"浮云遮望眼",就失去了其应有的作用,也就从根本上失去了民主测评的意义。

在中队,中队党支部是团结和领导的核心。民主集中,不能光民主不集中，少了集中就缺失了党对军队的绝对领导。作为一级组织，中队党支部一定要出于公心，以对党、对部队高度负责的精神，搞好民主测评的引导工作，确保评出士气，评出部队的战斗力，评出党的威信和形象。对于民主测评时发生的不正常的现象，要敢说敢讲，敢于纠正，敢于看票不唯票。这是负责任的表现，更是树立党组织威信的时候。作为一级组织和党多年培养的干部，一定要把好关啊！

民主测评只是一个过程，是一个听取群众意见、凝聚群众智慧的过程，最后的结果是党支部的"集中"。集中的结果必须体现出党支部的领导水平，真正地体现"群众的眼睛是雪亮的"之说，但不能让所谓的"群众"牵着鼻子走。换句话说，如果任何事情都从"票"出发，党支部把关定向的作用就没了，其"团结和领导的核心"也成了虚设！

立 正

　　立正是单个军人队列动作的第一个动作，是最简单的动作，也是最难的动作。

　　站军姿、贴烧饼，都是立正这一基本姿势的别称。96个字的动作要领，说起来容易，做起来也容易，远路无轻载，时间一久，可也就有口难说了。以我的感觉，最难受的动作是"上身正直，微向前倾"和"两肩要平，稍向后张"，一个前倾，一个后张，这一对矛盾集中到一个人身上，总有要把头和脊柱从身体中抽出来的感觉，头拔得发蒙，口干舌燥，恶心得要吐，而两肩则疼痛难忍，有撕裂的感觉。

　　为练好立正这个姿势，不少兵都折磨过自己。为解决"上身正直"方面存在的问题，有的贴在墙上练：两肩靠墙，两脚跟抵住墙根。这比在学校里接受罚站的滋味难受得多，虽然这是自愿的，有素质提高的奖赏。有的在脖领上安上了大头针练：脖领的左边别上一根针，右边别上一根针，万一有点"风吹草动"，脖颈就要忍受皮肉之苦，真有些头悬梁、锥刺股的味道。有的在背上绑上十字架练：找两块宽约10厘米的木板，横板长约与肩宽相等，竖板长和腰与颈的距离相同。两块板钉在一起，立于两肩胛骨之间。背上十字架，开始有些别扭，感觉不太舒服，时间一长，有点五花大绑的痛苦。但收腹挺胸的动作就出来了，腰杆挺得笔直，就有些气宇轩昂了。为解决两腿不直的问题，有的课余时间腿上绑上直尺，有的晚上睡觉绑上背包绳等等。这些方法机械了些，甚至有点"惨无人道"，但经过这样的苦练过之后，看着一个个站如松、坐如钟，神气十足的样子，兵们笑呵呵地甚至有些骄傲地说："这就是我的大学！"

简单的动作，时间久了就乏味，反复多了就烦躁。这是人人都共有的感觉。夏天站军姿，别有一番滋味在心头。在烈日的炙烤下，身上的汗毛孔同时张开了，汗似小溪水似的往外淌，一会儿，胶鞋下面印了两个湿湿的鞋样。时间像袅袅升腾的炊烟，一秒一秒过，30分钟站军姿的时间，感觉有三天时间那么长，腿木了，眼花了，下垂的手肿了，绷直的身体如风中的小树前后晃动，不少战友直挺挺地倒下了。没有倒下的战友，听到"活动，活动"的口令后，两腿挺得已经不能打弯了，一挪步就有要栽倒的感觉，个别的干脆就两手扶地趴下了。

立正是磨炼意志与毅力的好方式，时间长了更是人生升华的一个过程。

老兵退伍

"退伍"一词，始见于东汉。东汉初年，"百姓虚耗，十有二存"，封建国家掌控的户口数量大为减少，加之兵们"厌武事，思欲息肩"，于是，光武帝刘秀就下诏退兵为民，实施全国性的复员。

每年的11月中旬，是部队"涨潮"的季节，情感像浪涛一样奔涌。平时紧张严肃的兵们，一下子像情窦初开的少女，一点风吹草动都会让他们感慨万千、泪水涟涟，彼此拥抱了再拥抱，面颊风干了又湿，千言万语道不完战友情深，千恩万谢说不尽组织的培养之恩。组织使我们从一个初长成的少年，到一个合格军人，再到一个搏击长空的优秀士兵，这不只是根对绿叶的情谊，更是"谁言寸草心，报得三春晖"的大恩大德。正如一个复退老兵在中队留言簿上写下的："我是中队的儿子，中队是我的母亲！"

那么多日子就这样匆匆滑过了。站台上，我们相对而泣，相拥而别。火车的汽笛声拉动了我们撕心裂肺的惆怅，支队首长庄重地向你们行了最后一个军礼，没有口令，没有说什么，你们眼望着窗外，齐刷刷地举起了你们的右手，虽然你们肩上没有肩章，衣领上没有领花，橄榄色的警服已经褪色……但，你们的雄心还在，你们的军魂还在！请不要难过，你们的军旅岁月光辉，你们的日子无怨无悔。铁打的营盘流水的兵，正是一批批热血男儿的新老交替，才使绿色的军营充满活力，才使钢铁长城永远年轻！

也许你们会怀想，这里的一草一木，这里的一山一水，这里的一兵一卒，这里的组织与首长，这里的空气与老乡……你们还想握一握那熟悉的钢枪，还想爬一爬相依相恋的山冈，听一听同班战友的鼾声，……亲爱的战友，火车载不走我们的深情厚谊，军旅留下了你永远的辉煌。

亲爱的战友们，从哪里来，到哪里去，生命里多了绿色的年轮。不要在乎是否立功，因为追求过，奋斗过，付出过；不要在乎是否入党，申请过，努力过，思想深处已打下了深深的烙印；不要在乎是否学到技术，部队赋予了一生取之不尽的素质和崇高品德。训练场上的沙石记得，考核场上的口号记得，围歼犯罪分子的战场记得……经过了血与火的锻造，经过了牺牲与奉献的考验，成就了你崇高的理想、宽广的胸怀、强健的体魄和顽强拼搏的进取精神，无论未来是否有风雨，都会辉煌。因为，我们是"当兵的人，就是不一样"！

揽　过

兵们生活在一起，常有一种揽过的现象。这种现象有时还被称为够哥们儿，或者说是够意思。

近几天来，小王因父亲强奸邻居的姑娘，被邻居追着打断了腿的问题，吃不好，睡不香。向组织反映吧，这样的事难以启口，再说一旦被传出去，被战友当成笑柄不说，自己脸上也不怎么光彩。不反映吧，邻居做得也太过分了，把人打伤了，家里值钱的东西也被砸了个稀巴烂，母亲在家整日以泪洗面。这事虽然他没有说，但不久还是被同乡探家的战友报告给了指导员。这天，指导员随部队出完操后，到各中队战士宿舍转一转。转到他所在的班时，小王装作睡得正香。所在班的班长马上跑过来说："指导员，王XX昨天晚上上哨冻感冒了，我没有让他起床！"听得真真切切的小王，事后十分感激他的班长，还专门利用外出的机会请班长好好地撮了一顿。

揽过这事看起来无关紧要，仔细想来却是败坏部队风气的大事。班长于公于私，这样做都是不应该的。这个"公"，无非就是站在本班的利益考虑，给小王洗去无故不出操的"罪名"，维护本班的形象。说是私，就是想推去自己管理上的责任，或者捞取小王拥护自己的筹码。长期这么做，不仅丢掉了我党我军实事求是的作风，助长了不良风气，对部队的战斗力的提高也是有害的。对部队来说，不应该做任何有损战斗力的事。

不久，对小王的家庭涉法问题，在征求小王意见后，我们及时向支队作了汇报。支队派人到小王家乡妥善处理了此事，小王的父亲和他的邻居也都受到了应有的惩处。对于班长的揽过行为，我们对他适时进行了批评教育，他也主动在军人大会上作了检查。

揽过也是过啊！

拉　歌

拉歌是军营的特色，没当过兵的人，是不会听说还有"拉歌"一词的。关于拉歌，我的诗集《橄榄叶》曾有一段至今自认为比较精彩的描写："菁菁的麦浪汹涌/哗——/从这头掀起/绸缎般涌向那头/听/如洪钟奏鸣/壮阔的歌声涌来/'我们军营男子汉……'/排山倒海般/在空中飞响。"当然，这里主要是拟形。

拉歌，一般是在集会之后进行的，有中队与中队之间拉的，有大队与大队之间拉的，也有临时指定单位与指定单位拉的。有一年，我们在北京的一个大剧院，与北京总队的联合拉过海军。往往是两个单位坐在一块儿，拉歌就开始了。这方唱罢，另一方立即出来一个大嗓门的战士或干部喊："×××唱得好不好？"众答："好！"再问："再来一个要不要？"众再答："要！要！要！"接着是随着指挥者的手势，由小到大，听似由远至近的掌声。对方被拉得没有办法了，只好再唱一首。如果另一方，也出现一个拉歌的，那就热闹了。他会立即站出来："我们唱了一身汗，×××不要坐着看。我们唱了该谁唱？"和着有节奏的掌声众答："×××！"如果这个单位不唱，拉歌者就会带领大家大呼："冬瓜皮，西瓜皮，不要耍赖皮！"或者："叫你唱你就唱，扭扭捏捏不像样！"这样，你来我往，拉歌也进入了高潮。这方唱罢，那方登场；这方拉罢，那方拉。这拉歌声音的精彩和场面的壮阔，我的拙笔是难说一二的，要想真知道，最好你来军营亲自体会体会。

军人的好胜心，不仅体现在战场、竞技场，还体现在拉歌这个场合。拿一次过建军节来说，驻地的几支部队都要参加地方政府组织的慰问演出，据说总队长要亲临现场。这可紧张坏了面临提职的我们学校校长。他亲自指挥，并向政治部下了命令：一定要把学校的战斗力体现出来，拉歌要拉出我们的校威，拉出我们学校的水平！为了完成这个任务，学校政治部专门把各学员队的拉歌高手集合起来进行了集训，又召开了学员队政委会议进行了动员，抽出一个下午的时间进行了专门的排练。一切准备就绪之后，校长还不放心，还组织人员研究了多种临场处置的方案。这似乎不是去看演出，而是去打仗，去完成一项重大而紧迫的政治任务。晚上，部队准时列队进入了会场，组成了四个方块。学员们一个个双手扶膝，腰杆笔挺，全神贯注地等待命令，像拉满弓的箭。军地领导落座之后，惊天动地的拉歌狂潮就开始了，真有点六月天暴风骤雨的感觉。看来，来观看演出的各方都是有充分准备的，拉歌者一个个铆足了劲，一个比一个嗓门大，一个比一个花样多，有唱着拉的，有大声吼着拉的，有鼓着掌拉的，有数着拉的……一时难分高下。这时，我们校长坐不住了，快步跑到学员面前，袖子一捋，大手一挥，清了清嗓子，高声喊道："同志们注意了，请看我的手势！"老将出马，一个顶仨。看到校长这个样子，学员们所有的情绪都被调动出来了，立刻爆发出排山倒海般的声浪，学员方队一下子突出出来了。事后，坐在前排的总队长说："还是指挥学校有战斗力，老X教导有方啊。这种不服输的精神，确实值得其他单位学习！"

拉歌也有拉恼的时候，听我的一个老班长讲，曾经的一个连队把另一个连队拉得没有了脸面，甚至有了侮辱对方的意思，连长一急，把手一挥，造成了群殴。

看来，拉歌也是要讲文明的。

救 人

我不信佛，也不懂佛，但听过这样的话："救人一命，胜造七级浮屠。"我军的唯一宗旨是全心全意为人民服务，救人在任何时候任何情况下应该是没有错的。但作为军人，一定要有辩证思维，有勇更要有智，救人还要注意分时候。比如，军中永远的英雄邱少云被烈火烧着了的时候，作为他身边的战友能不能去救他？当然不能。如果有人去救他，暴露的是整个作战计划，不但救不了邱少云，还会使更多的战友葬身敌人的枪口，甚至导致整个战役的失败。还有，作为一名武警战士，你正在执行一个重大的押运任务，马路上有人出了车祸，这人你去救还是不救？当然也不能去救，最多可以打"110"或"120"报警。

我当战士的时候，曾经发生过这样一件事。李兵上午9点至11时的哨，按规定他8点30分就应该去接哨了，但到了10点他还没有到哨位。急得7点至9点站哨的哨兵不停地向中队打电话，中队长就派人去找小李。找了半天，也没有找到。平时表现一直很优秀的小李到底到哪里去了？这可急坏了中队领导。直至第二天早晨，小李才顶着一张蜡黄的脸出现在中队门口。原来，小李上哨的途中，看见一个孕妇晕倒了，便打的把她送到医院。把孕妇送到医院之后，先是安排她住院，听说孕妇需要输血又献了200cc血，等孕妇清醒和家人联系好之后，小李才想起自己上哨的事，便急急忙忙归队。这事在战士们中引起不少议论。有的说，小李擅离岗位、不请假外出应当受到处理；有的说，小李助人为乐，树立了武警战士的良好形象应当立功；也有的说，对小李不奖不惩算了。半月之后，见了分晓：小李受到了行政警告处分，也荣立了个人三等功。

挨了鞭子又吃到了甜枣的小李，有说不出的滋味。

其实，就应该这样。

津　贴

　　津贴，《现代汉语词典》解释为："工资以外的补助费，也指供给制人员的生活零用钱。"我理解的"津贴"，就是贴补，主要用于购买部队没有发到的东西或者不便统一发的东西。像牙膏，不能都用"两面针"，也不能统一用"黑妹"。津贴，体现了党中央和中央军委的关怀，更体现了部队整齐划一之下的人文思想，充分考虑了矛盾的特殊性。

　　发放津贴的对象，仅限义务兵，干部和士官都发的是工资。兵们的津贴有限，我当新兵的第一个月是 15 元，第三年当了班长之后，一个月才拿到 28 元。当战士时，我的津贴除了买些必要生活用品，都用来购书了。我的一个老班长，让我敬佩，连牙膏都舍不得买，拿出自己几乎全部的津贴资助一个苗族女童上学，直至这个女孩初中毕业。这事经媒体宣传后，老班长成为我们支队的一面旗帜，后来直接提为了干部。

　　津贴的增长速度，和我国的经济增长幅度成正比，从 20 世纪 70 年代末新兵的 6 元钱，现在已经飞涨到 85 元了！过几年，我想新兵的津贴肯定要突破 100 元！

　　我用第一个月的津贴买的《现代汉语成语词典》现在还用着，掐指算来，从 1987 年到现在已经 18 年了。18 年前的新兵，已经成为一个营级单位的政治主管了，也从一个刚脱下稚气的少年成为一个有 9 岁儿子的父亲了。

　　逝者如斯夫！

个人卫生

农村出来的孩子，不太讲究个人卫生。从客观上讲，农村的生存条件或卫生状况不允许讲究，同时作为农民的父母一般情况下不会教我们如何讲究卫生，习惯成自然。但当了兵就完全不一样了，《内务条令》规定："经常进行健康教育，培养良好的卫生习惯，做到饭前便后洗手，不吃（喝）不洁净的食物（水），不暴饮暴食；勤洗澡，勤理发，勤剪指甲，勤洗晒衣服被褥……"既然条令规定了，作为以服从命令为天职的军人，也只有服从了。

个人卫生，是早检查的内容，但是，中队的工作紧张，加之以往个人的卫生习惯不好，从农村入伍的兵，特别是新兵，在个人卫生这个问题上总是受到批评。有时指甲长了，有时衣服脏了，有时工作一紧张，脸忘记洗了等。

随着独生子女兵数量越来越多，兵的自理能力越来越弱，大部分新兵入伍前都没有洗过衣服。因此习惯了"衣来伸手"的他们，入伍后遇到的第一个难题就是洗衣服。按规定，星期六的下午和星期日的上午，是洗衣服时间。这时候，晾衣场上红红绿绿的衣服，像万国的旗帜在飘扬。不洗吧，大家都在洗；洗吧，自己从来没有洗过，只好硬着头皮去干。大部分新兵洗衣服，就是抓一把洗衣粉，把衣服往洗脸盆里一按，在水里涮几下，就捞出来往绳上晾。衣服干了，上面像地图一样，斑斑点点。班长几次讲解示范之后，这种现象才逐渐消失。我当兵的时候，常有驻地的姑娘到部队帮我们洗衣服，洗得比较干净。但对于内裤，她们很难找出洗干净的办法，尤其是上面斑驳的点点滴滴。她们去讨教干部。干部说，这是"枪油"。姑娘说，"枪油"真难洗！但是，当她们看到干部们不好意思的笑之后，脸上立刻飞出了一片红云。

  关于理发，也有一个比较有趣的故事。一次，一个士官休假回来，头发长了却不去理发，气得队长抓过来就要给他理光头，但真正把士官的头按在自己的推子下面的时候，队长却愣了：这名士官得了斑秃，不理发的目的，是想把掉得能发出光来的头皮遮住！

冻 疮

新兵王建，四川人氏，来到北京当兵，心里很是高兴，但对气候有些不适应。他来北京当兵的第二个月，母亲突遭车祸身亡，他十分痛心，工作情绪一直不高。我了解到这一情况后，他下连不久，就选他到大队部当通信员，以便及时有效地做好他的思想工作。他当通信员的第一天，我见他的手生了冻疮，便问他："你知道冻疮是怎么回事吗？"他说："不知道！"于是，我把我知道的关于冻疮的知识讲给了他听。

冻疮是身体表面受低温损害后，局部血液循环发生障碍而产生的病变。导致冻疮发生的温度约在零下1℃到零下16℃。除了低温，冷风、潮湿和下雨也能促使冻疮发生。冻疮一般在初冬季节发生，主要部位是手背和脚背，以及暴露在外部的耳朵、脸颊等。发病时一般表现为红肿、水疱或斑疹，有时也会出现溃疡，并伴有剧烈的烧灼感和瘙痒。冻疮一般很难治疗，所以要尽量做好预防工作。预防的办法也很简单，保暖、防潮、加强锻炼是最好的方法。治疗的办法，就是到卫生队拿盒鱼石脂软膏抹一抹就行了，每天两至三次。

说到这里，王建投来信任的目光。我看到火候已到，便说："手上的冻疮好治，心里的冻疮难医！"他见我话里有话，没有说什么。一天之后，他主动找我汇报了思想。他不但把他母亲遭遇车祸的事原原本本地说了，而且还把一直担心母亲的遗产被父亲独吞的问题说出了口。和大队长商量后,我给他批了10天事假。他回家处理了这事。

从家里回来之后,他高兴地说:"教导员,我手上的冻疮治好了,心里的冻疮也治好了!"

点　验

　　一声嘹亮的军号之后，兵们从宿舍里鱼贯而出，列队走向操场，集合成并列纵队的样子。宽阔干净的大操场，在一个军人下达课目、提完要求之后，瞬间就变成了农贸市场。兵们成"一"字形排列着，把自己所有的物件拿出来，有老娘缝制的红色肚兜，有女朋友的情书，有平时发的又用不着的东西。他们把自己的思想也亮出来了，日记本在风中一页一页地掀动着，像燃烧着的青春火焰，在时空中飞跃、旋转……每一页都记满了人生和军旅的趣事，都想象着自己的未来、爱情和快乐的事。

　　点验是《内务条令》的专门一节。条令规定：点验是对部队编制、实力、战备和安全状况的全面清点和检验。旅（团）级单位每年应当进行1至2次点验。点验的内容有五项：一是执行编制的情况；二是装备和物资的数量、质量、保管、维修、保养情况；三是人员的健康和卫生状况；四是装备、物资"三分四定"落实情况和携行能力；五是个人物品。

　　一次点验时，我听到了这样的一段对话。

　　一个正在上法律函授的士官说："法律上规定，只有司法机关经过法定程序，才能对个人物品进行搜查，后留包的物品属于个人物品，部队无权进行清点！"

　　另一个战士也随声附和："是啊，我以前在报纸上看到这样的报道，超市保安怀疑顾客偷商品而对顾客进行搜查，最后顾客告到法院，法院认定保安侵犯了顾客的人身权利。点验也应当是违法行为。"

个别平时对干部有点抵触情绪的战士也嘀咕起来："搜看我们的行李包，这明显是对我们的不信任，也侵害了我们的合法权益……"

大家增强法律观念是对的，提出这样的疑问也应当肯定。但是，点验和搜查在法律上不是一个概念。搜查是为了收集证据，查获犯罪人，由侦察人员对犯罪嫌疑人以及可能隐藏犯罪或者罪证的人的身体、物品、住处和其他有关场所进行搜索侦察的活动。而点验，则由部队首长领导实施，或者上级首长和机关领导，组织实施的对部队编制、实力、战备和安全情况的全面检查。两者实施人员不同，对象不同，范围不同。对于士兵或部属的不信任更谈不上，作为上级首长与机关领导组织实施点验，是职责，更是《内务条令》赋予相关首长、领导的权力！《内务条令》是军队的基本规范，作为军人必须遵守，接受上级首长和机关的点验是义务。

事后，在官兵思想形势分析会上，我要求干部向兵们做好解释工作，说了上述话，并要求各中队有针对性地搞教育。

绰　　号

绰号，即外号，是除了自己的姓名、乳名以外的称呼。在我国古典名著《水浒传》中，梁山好汉一百单八将人人都有绰号，像"及时雨宋江""花和尚鲁智深""黑旋风李逵"等等。绰号有雅与不雅之分，雅致的绰号有激励斗志和活跃气氛的作用，像"警营百灵鸟""拼命三郎""杠上飞"等；不雅致的绰号，则有相反的作用，有的甚至侵犯了兵的名誉权。《民法通则》规定：公民、法人享有名誉权，公民的人格尊严受法律保护，禁止用侮辱、诽谤等方式损害公民、法人的名誉。取侮辱性绰号的例子有像姓"杨"的喊其"阳痿"、姓"郭"喊其"锅贴"、有少白头的喊其"杂毛"、身体强壮的喊其"猛男"、养警犬的中队喊其"狗中队"之类。

在部队，起绰号、叫绰号这种现象并不普遍，但也并非个别。兵们都来自社会，因受社会和传统习惯的影响，自觉不自觉地沾染了这方面的习气。绰号来源，多是同志之间开玩笑，或个人身体的某个部位具有某个特征，或工作和生活中的某个笑话，或个人某个方面比较突出等，一人根据这些无意或有意地叫了一次，便一传十、十传百弥漫开来，形成了一定的规模，得到了多数人的认可。如，在新兵连里，往往以站在队列中的顺序为号，模仿绿林里的做法，称作"老大、老二、老三……"；新兵下连之后的绰号往往五花八门，有"水牛""机器""冬瓜""坦克"等。

绰号在部队建设中积极的意义不大。2004 年夏天，部队在高岭驻训，进行射击预习休息期间，中队长检查每个兵是否记得自己的枪号，大部分同志都能对答如流，唯有一个老兵回答不上来，说："队长，我记不得枪号，只记得我用的那支枪的枪把是烂的！"队长说："枪号就是枪的名字，如自己的名字一样。那你的名字就叫烂枪把吧！"此言一出，立即引起哄堂大笑。此后，"烂枪把"就成了这个老兵的绰号。老兵或干部喊，这个兵也就默许了，但，有一天，一个新兵也胆大妄为地喊了一声"烂枪把"。他立刻感到丢了尊严，没有了面子，便和新兵动起手来。被中队发现后，双方都受到了严肃批评，并在中队武警大会上作了检查。看来，绰号是不能乱起乱叫的。乱起乱叫不雅的绰号，不仅是对战友的不尊重，影响战友之间的团结，而且还有可能引起违法违纪行为，最终可能酿成案件事故。

　　一定要禁啊！

保 密

　　我出生在"文化大革命"中期，记忆中中国民众的保密观念是很强的。村民串亲访友要路条，红小兵把路口，没有路条不放行，偶尔出现一个陌生的人，立即引起几百双眼睛的警惕。一年冬天，突然传言家前的园屋里有一个国民党特务，专门收集周围村里的情况向台湾报告等等。顷刻间，村里的大人孩子都往我家前跑，把只有几平方米的小园屋围了好几层。事实上，只是邻村的一个地主分子收集了一些传单。

　　在司令部当参谋时，听到了"宁丢一个团，不丢一个保密员"的说法。纵观战争史，保密工作决定着战争的成败，也可以这样理解，保密是军人的生命。毛泽东曾经形象地说："必须十分重视保密工作，九分半不行，九分九也不行，非十分不可。"

　　历史上，因保密工作没做好，造成重大损失的事件为数不少。二战前，法国曾经耗资60亿法郎，历时五年修建了一条马奇诺防线。该防线全长200公里，纵深12公里，内部设施完善，能驻守50个师的兵力，可谓固若金汤。但德国一个女间谍化装成难民混进了马奇诺防线司令部，窃走了防线地图。战争开始后，德军根据窃取的情报，决定绕过马奇诺防线，从比利时突入法国，从而使法国苦心经营的马奇诺防线变得毫无价值，导致法国国防体系遭到割裂，从而陷入被动，不到一个月即宣告投降。二战中，日本偷袭珍珠港成功，美军太平洋舰队受到重创，使日本海军军力占到优势。但在随后的中途岛战役中，由于美军及时破译了日军最高级密码，掌握了日军作战计划等情报，制定了对应的作战方针，促使日本海军中途岛一战几乎全军覆没，美军一举扭转了太平洋战场的不利局面。后来，由于日军军事情报的泄露，还导致了日本海军最高统帅山本五十六在视察部队途中死亡的后果。

现实生活中，泄密的现象时有发生，不守保密守则也令一些人吃尽了苦头。大多数兵可能涉及的秘密等级不高，但任何军事机密都可能有关一个国家和民族的存亡，一张报纸、一份内部资料、一份执勤方案……收集多了，部队的编制、装备和兵力部署等就显现出来了，这些被一些别有用心的人和国家掌握，就可能造成难以估量的损失。据说，某县中队战士小张外出购买劳动工具时，顺口说出了本中队全体官兵要外出劳动的消息。这个商贩恰好是一个犯罪团伙成员的哥哥，了解到这一情况后，就纠集一帮人，趁官兵外出劳动的时间，袭击了武警中队，劫走了重大犯罪嫌疑人！

关于保密还有一些法律规定。我国《刑法》第四百三十一条规定："以窃取、刺探、收买方法，非法获取军事秘密的，处五年以下有期徒刑；情节严重的，处五年以上十年以下有期徒刑；情节特别严重的，处十年以上有期徒刑。为境外的机构、组织、人员窃取、刺探、收买、非法提供军事秘密的，处十年以上有期徒刑、无期徒刑或者死刑。"第四百三十二条规定："违反保守国家秘密法规，故意或过失泄露军事秘密，情节严重的，处五年以下有期徒刑或者拘役；情节特别严重的，处五年以上十年以下有期徒刑。"你记住了吗？军队无小事，事事涉保密。作为一名武警战士，保密观念可一定要强啊！

班务会

  班务会，是班里的行政例会，也是部队中最小的行政例会。通常每周的星期日进行，由班长主持，主要讲评上周的工作，部署下周的工作，有时也让每个成员汇报一下一周来的学习、思想和工作情况，最后由班长讲评。

  班务会是班长的讲台，班长的施政纲领一般情况下要在这里公布。三尺讲台是战场，你看：中队干部开完队务会之后，一声哨音响起："各班开班务会！"于是，班长环视一下四周，胸脯一挺，小本子一合："集合！开班务会。"开班务会的地点，一般在本班宿舍。小马扎一放，呼啦啦地围了一圈，或者呈"一"字散开，班长位于"一"字形的前方。这阵势也真够让人羡慕的：一样青春靓丽的面庞，一样两手扶膝收腹挺胸的样子，一样喊口令般不拐弯的嗓子！开会之前，先唱首歌，这歌虽不一定优美，但绝对的雄壮，如出膛的炮弹，呼啸而出："团结就是力量，团结就是力量，这力量是铁，这力量是钢，比铁还硬，比钢还强……"直冲云霄，陡生一种豪气和军旅特有的阳刚。最有趣的或者说最热闹的班务会是在驻训的帐篷里进行的，和着树上知了的叫声，歌声、讲评声和山谷的回声此起彼伏，兵们也好像在比嗓子一样，故意提高嗓门，声音一个比一个大，唯恐干部们听不到。如果去检查，真不知道哪个班开得更好。

  开好班务会，是每个班长的必修课，班务会的质量如何，关系着工作落实，影响着本班的工作质量。有的班长一开会，往往带些口头语，或者"这个这个"没完，让大家烦；有的班长，一开班务会，喜欢批这个批那个，弄得大家没有情绪，影响班里的团结；有的表扬起来没有头，唯恐有一个表扬不到，让一些好学上进的新战士迷失方向，不知该向谁学习。正确的开班务会的方法，应该像每年的政府工作报告一样，讲评工作大体分两部分，一部分是上一周的工作总结，另一部分是下一周工作的要求。在讲评上周工作中，要分总体情况、主要特点（好的方面）、存在的问题。对于主要特点，要以表扬为主，能具体最好具体到人，不能具体到人要表扬具体事。对于存在的问题，如果是一般性的，点一点就行了；如果是倾向性问题，可具体到某个事；如果问题严重，必须具体到人，要见人见事见思想。不能好事坏事一锅煮，也不能眉毛胡子一把抓，让大家分不清主次，把握不住重点。

万丈高楼平地起。班务会虽小，作用可不小，当然要开好啊！

班　长

　　拿破仑说得好："兵头将尾，军中之母。"徐向前元帅说："班长是部队的基础，是构成军队的细胞。"

　　班长到底啥模样，是高是矮，是胖是瘦？没有从过军的人对于班长是不了解的。当兵前，几个要好的朋友，曾经对班长这个概念瞎子摸象般争论了大半天。后来，一个当过兵的哥们告诉我们，班长就是一个职务，和咱上学时的班长有相似之处，又不完全一样。部队的班长，就像父母一样，吃喝拉撒睡他全管，出操上哨训练全由他指挥。班长啊，这个官太大了！我们不约而同地发出这样的感叹！

　　刚当兵的时候，班长就是天，班长就是地，什么都懂，什么都会，吃饭穿衣那种干练劲自己一辈子也学不会，擒敌训练时的呼呼风声也只有在电影上才能听到看到，更不要说战术训练了，当我们龇牙咧嘴练卧倒的时候，人家却一溜烟样蹿了出去，真是动若脱兔。总之，班长什么都是好。不信，你到新兵连里看一看，到新兵中听一听，班长神圣得如自己刚上小学时的老师，远远高于生养自己的父母，顶礼膜拜得如神灵。有些兵们连班长的痼癖动作都学得像模像样。当兵半年之后，兵们就会感觉到班长就是班长，关键时候能拿出看家本领，没有了天壤之别，只有过人之处。当你也成了班长之后，就会感觉班长也不过这么回事。当兵久了，什么都历练出来了。

　　当班长可不是那么容易的，也不是当兵久了就能当班长。按有关规定，班长必须经教导队集中培训三个月，经过民主评议、支部推荐和大队党委研究，最后由支队司令部批准。军事动作不过硬当不了班长，文化程度不够当不了班长，群众基础不好也当不了班长。当了班长，如果想在部队继续服役，就很容易转士官了。转了士官，可就是在士兵面前是"官"了，可以胸脯一挺、指挥别人，拿工资了。

读过军旅作家刘亚洲的报告文学作品《攻击，攻击，再攻击》的人，一定不会忘记以色列派往乌干达首都营救人质，创造威震世界的突击行动的约尼·尼雅中校。由于战争的需要，这位中校晋升军官前，没有当过班长。在完成营救人质任务后，他不幸被火箭弹击中，身负重伤。临死前，他为没有当过班长而遗憾，提出的唯一要求就是给他下一个担任班长的命令。

不当班长，终生有憾啊！

兵

东汉有个"伏波将军"马援，善骑马，还长于鉴别名马。一次出征中，他得到了一面铜鼓，便铸成了骏马模型，献给了皇帝。马援献给皇帝的铜马高三尺五寸，身围四尺五寸。皇上下诏，令人放在大殿上供人观赏。马援知道后十分伤心，他献马的本意是提醒皇上不忘战备，而不是让人观赏。随后，他请求出征，并说："当今匈奴、乌桓还在骚扰我北方边境，我们应当骑着战马去攻打他们。男儿若死，应当死在边野，用马革裹尸，安葬了事。"皇上恩准他出征后，他立即率兵赶赴边疆。在出征过程中，不幸得了病，倒在马下，实现了他战死疆场、马革裹尸的壮志。这就是"马革裹尸"这个成语的来历。

据说，香港离开祖国怀抱的那天早晨，岛上的渔民发现屋外站满了操英语的英军时，大家都相对而泣。一位清军牺牲后，他的坐骑成了俘虏。这匹马被带到香港岛，饱受了皮鞭和枪托的笞挞，但它最终没有被驯服，而是望着故土日夜哀鸣，绝食而死⋯⋯

"见第一就争，见红旗就扛"是兵永远的情怀；战场无亚军，"宁为玉碎、不为瓦全"，永不言败，是兵的特质。看看在抗洪一线累死的李向群，在烈火中永生的邱少云⋯⋯

兵者，为战斗而生，有一种神圣不可侵犯的特质。当作为个体存在时，是舍身炸暗堡的董存瑞，是宁死不屈的江姐⋯⋯作为群体存在时，是激流勇进的十七勇士，是视死如归的狼牙山五壮士⋯⋯作为集体存在时，他们是善守敢拼的塔山英雄团，是霓虹灯下不染尘的南京路上的好八连……

兵通过各种训练来磨砺自己。内务练精益求精的作风，队列练协调一致的动作，射击练百步穿杨的功夫，擒敌术练一招制敌的本领，体能练特别能吃苦、特别能战斗的体力和耐力，战术即是作战技术，练勇猛顽强的精神……当兵磨砺两年，不当兵后悔终生！兵的称号是一时的，兵的荣誉是永远的。永远是个兵，这是我们所有当过兵的人不变的信条，也是令人永远骄傲的资本！

也许正在军营的朋友没有这种感受，或许会说，在哪里都要穿衣吃饭睡觉。但在军营绝对不一样，吃饭吃进去的是钢铁的质地，穿衣穿的是战胜困难险阻的盔甲，睡觉睡的是生于忧患的奋发。鲁迅先生说过这样的话："其实，战士的日常生活，是并不全部可歌可泣的，然而又无不和可歌可泣相关联，这才是实际上的战士。"兵，是永远令人可歌可泣的。

什么是兵？就是战死疆场，视死如归的精神；就是勇往直前，要战胜一切敌人的气概。正如作家巴金所说："战士是不知道畏缩的。他的脚步很坚定。他看定目标，便一直向前走去。他不怕被绊脚石绊倒，没有一种障碍能使他改变心思。"

班

"上面千条线，下面一根针。"我理解，这个最小和最具体的"针"，就是班。班，作为军中编制最小的一级组织，隶属于排。班作为建制单位，可以上溯到远古时代，据《周礼·夏官·司马》记载："五人为伍，伍皆有长。"当时的"伍"，就是现在军队中的班。班不仅是执行与实施单位，同时还履行着组织、指挥、监督和协调等基本职能。

从班、排、连、营、团、旅、师、军金字塔式的结构来看，班处于最底层，是金字塔的基础。基础不牢，地动山摇。抓基层、打基础得从底部开始，这是工作落实中最重要的环节。我们武警部队，一般情况下，在县（市）中队有三个班。一个班里的工作落实了，中队的工作就落实了三分之一。三个班都落实了，就落实了百分百。

最难忘的班，是新兵连里的班。带着当将军的憧憬，一个班十个战士，睡在一间大房子里，南腔北调煞是难懂，说话声、争论声、呼噜声，声声入耳，汗味、兵味、男人味，味味相投。炊事班的葱花味浓，战斗班里的汗味浓。

班是我军建制序列中，最集中、最活跃的一级组织。开会以班为单位，叫班务会；总结以班为单位，叫班总结；队列以班为单位练，叫班队列；战术以班为单位打，叫班战术……

班内最高的职务就是班长，最低职务是兵。兵不分大小，不分男女，不论入伍先后，不分高矮胖瘦，都得服从班长的指挥。

班是信息之源，从班里反馈来的信息，往往是最直接、最真实、最具体的，是最能代表士兵利益的，也是上级决策和政策落实中最不可缺少的。要倾听基层的呼声，就是要听班里的歌声、笑声和士兵兄弟的呼噜声。这些声音，是最亲切的声音，也是最优美的音乐。

　　班是兵们最温暖的家，也是最富有集体荣誉心和事业感的地方，往往班集体的利益高于一切。中队搞比赛，往往以班为单位，班里的胜利就是个人的胜利，班的落后就是个人的落后。分别之后，谁谁是我们一个班的，必是最亲热和最有感情的，喝酒必定喝五粮液和茅台之类。

掖被角

　　滴水成冰的冬日，兵们万一蹬了被子，肯定会感冒的。这是一线带兵人夜幕降临后常常想起的事情，于是就出现了这样一个温暖的话题：掖被角。

　　中队长或指导员蹑手蹑脚地起来，穿上妻子缝制的千层底的布鞋，悄无声息地从这个班里进去，从那个班里出来。前几天，张三的妈妈和爸爸闹离婚，小张流泪了；炊事班的李四，春节前休假时认识的女朋友，又和李四吹灯了；王五的家里最近出了点麻烦事，因宅基地与邻居打起来了……这都是要重点观察的"目标"。此外，巡视还有一个重要的任务，就是给"捣蛋鬼"们盖盖被子，掖被角。

　　人人都有做梦的习惯，梦中的事情是想象不到的，脚踢手挠的事是常有的，大冷的天蹬被子也就难怪了，这时候查铺的干部就会轻轻地走过来，把被子给你盖上，再掖掖被角。

　　掖被角，是令人十分感动的事，不论是兵，还是兵的家长。在独生子女遍布部队的今天，这样的故事令视儿女为心肝宝贝的妈妈们感动。

　　这是什么感觉？爱兵如子啊！

想　家

　　想家关与苦累关，是新兵必须要过的两关。想家，对新兵们来说，是必修课，而不是选修课，特别是那些初次离家的战友，习惯了家里的环境，习惯了那里的人与事，周围的一切都变得陌生起来，能不想家吗？想家总是难免的。

　　而"家"，对我来说是一个凄苦的字眼，是母亲燃起的那缕炊烟，是父亲坟头上的那一把枯黄的野草，是儿时玩耍的农家小院。母亲已被接到城里，粗糙得树根似的手已经拿不起来做饭的勺子了；深埋父亲的老坟，已经三年没有去看了，那把枯黄的野草是否已经被顽皮的孩子烧了？刻骨铭心的老宅子，已经让四哥给卖了，买宅子的二哥已经死了。

　　对大部分同志来说，"家"永远是一个温馨而动人的字眼，是一首咏唱不休的老歌。一首《想家的时候》唱得很好："夜深人静的时候，是想家的时候。想家的时候很甜蜜，家乡的月抚摸着我的头。想家的时候很美好，家乡的柳条拉着我的手。想家的时候有泪水，泪水伴着微笑流……"家乡的树梢上挂着相思的月，军营的枕头边流着思乡的泪。是的，十七八岁的年纪，为了祖国的安宁，为了人民的幸福，告别家乡和亲人，行进在祖国的边防线上，行进在只有60厘米宽的狱墙上，站立在只有四五平方米的哨位上……

　　想家，是一种情绪的宣泄，更是一种精神寄托。

　　家是故乡的一部分，故乡是祖国的一部分，想家有什么不好呢？

投 票

　　这几年，投票风越来越盛，入党投票，立功投票，学技术投票，好像不投票就不发扬民主似的。近几天，关于投票的问题，三中队又出现了一件新鲜事。

　　张三在中队表现十分优秀。年终总结时，投票决策是否给张三请功，全体赞成。这全体赞成说明，张三给自己投了赞成票。一石击起千层浪，一时间张三投自己一票的消息不胫而走，成为兵们议论的焦点。有的说，张三干得再好也应当谦虚一点，不应当给自己贴金。有的说，投自己的赞成票，说明张三的名利思想过重，有投机的一面，思想意识一般，等等。

　　仔细想来，投自己一票有什么不好呢？作为民主测评，每个人都有一票的权利，既然他敢拍着胸脯说自己"行"，说明工作表现确实不错，这本身就需要勇气，是自信的一种表现。再说，我们党一直提倡实事求是，工作表现突出就是突出。自己投自己一票，是对自己一年来工作的认可，反映出张三为人正直、光明磊落的思想作风，也是一种负责任的做法。像这种现象，不应反对，还应提倡。当然，在别人不投自己的票的情况下，自己投自己的票，那就另当别论了。

　　投票就是投信任，是组织对自己的信任，要让组织信得过，就得出于公心，端平这碗水，该投谁就投谁，包括自己，组织就会给自己最大的信任，也就会放心。投票也是自己对候选人的信任，如果对他不信任，自然不会投他的票。

投票就是投威信，是投票人自己的威信，票投准了，被选人如果是自己的偶像，自己就有种群众的眼睛是雪亮的感觉，便有了几分得意，增添了几分自信与自豪。投票也是投被选对象的威信，威信高的同志，票数就高，也就轻而易举被通过！

投票就是投感情，平时笑眯眯的人，与人为善的人，善于团结的人，一般情况下，票数要高一些。否则，一样的工作、一样的位置，票数就低一些。

投票代表着部队的风气，风气好的部队，得票高的同志是平时工作积极认真、关键时刻冲上去的同志；风气差的部队，往往感情就代替了原则，乡情代替了工作，小恩小惠代替了一切……

稍　息

　　稍息，顾名思义就是稍加休息。而部队里的稍加休息，不是夏天找个有树荫的地方一待，也不是冬天在太阳充足的地方一待，更不是春、秋天时把酒临风、自由自在的说笑，而是有着严格的规定：左脚顺脚尖的方向伸出约全脚的三分之二，两腿自然伸直，上体保持立正姿势，身体重心大部分落于右脚。稍息过久，可以自行换脚。一个队列教员曾这样说"稍息"：出脚迅速腿伸直，上体保持立正姿，体重落在右脚上，方向顺着脚尖去！

　　部队永远是个战斗队，有"睡觉也要睁着一只眼"之说，这在稍息里有着充分的体现，就是稍息了，上体仍要保持立正姿势，对脚仍有明确的要求。这如同节假日，几乎所有的人都休息了，唯独军人仍要保持高度的战备状态，最起码也要留一个战备值班分队一样。

　　稍息曾"稍"出这样一个笑话。一天，临近中午，部队正搞队列训练。一个班长喊"稍息"，不知什么原因，一个兵撒腿就往伙房的方向跑。这一跑，跑得大家莫名其妙。一会儿，他回来报告说："班长，今天中午不吃烧鸡！"

　　原来，他把"稍息"听成"烧鸡"了。

荣誉室

　　荣誉是兵的至高无上的追求，有形象重于生命、荣誉高于一切之说。我看，荣誉更是一种对自己、对他人、对集体负责的态度，是支撑军人的强大精神支柱。这种态度挂在奖牌上，飘扬在旗帜上，停留在奖杯上，铭刻在军人的心里，并且永驻在令人景仰和崇拜的空间里。这个空间，就是荣誉室。

　　荣誉室是给为单位赢得荣誉的同志设立的纪念堂，是对历史的追溯，也是对现实的激励，会令成千上万的军人涌向她的怀抱。按武警部队正规化管理规定，中队没有荣誉室。但是，每个中队俱乐部都有荣誉室内的内容：中队简史、中队历任主官简介、光荣榜、领导关怀等等。

　　走进团结紧张严肃的警营，你会时时被荣誉感动着，油然而生一种力量。啊！原来班长、排长讲的故事就在这里。战斗英雄的事迹虽然年代久远，但仍令我们震撼，如果生在那个年代，我们一定会像英雄那般勇敢；和平时期的模范人物，让我们懂得了平凡的岗位大有作为，我们发誓从现在开始，从一点一滴做起；一面面红灿灿的锦旗，告诉我们一个个具体而生动的故事，使我们感慨万千，一定要立足岗位，成长报国！

　　参观荣誉室，几乎是新兵下连后的一个必修课。去年，一个新兵参观完中队的荣誉室后，郑重地说："今天我以中队为光荣，明天我要让中队以我为光荣!"这句话,也让我激动了半天,想不到新兵也有如此大的抱负。

荣誉室,永远令兵神往的地方。走进了荣誉室,就走进了心中的圣地,就走近了永远的英雄!

亲属来队

　　亲属来队，对兵们来说，是十分荣耀和快乐的事。你看他们，"一道杠"在肩上跳动着，脸上洋溢着无限的幸福，边提着好吃的东西边跑，匆匆忙忙跑到班里，向班长报告："我爸妈来看我了！"

　　"亲属"这个词，既包括父母，又包括兄妹，也包括妻儿。条令中有明文规定，义务兵在服役期内，应当劝说亲属不要来队。士兵亲属来队，连队应当安排士兵与亲属团聚，并介绍士兵在部队服役的情况。亲属离队时，可以允许士兵送到临近的车站、港口。军人亲属来队的留住时间……应该说，在部队里是不提倡亲属来队的，但是士兵亲属来了队要热情接待，具体情况条令里规定得是很清楚的。

　　亲属来队一般集中在两段时间，一段时间是新兵下连之后，"临行密密缝"的唠叨还在耳旁回响，家长早就扛不住对儿女的思念与牵挂，纷纷驱车或乘车来到警营，偌大的操场有时一下子成了停车场。按惯例，同班战友早已将中队的家属房打扫得窗明几净，炊事班的同志也忙得不亦乐乎，为来队的亲属加几个菜。家长见面握手寒暄之后，中队长或指导员将这个战士在部队的表现一一向家长们陈述：进步是明显的，成绩是主要的，也并非没有缺点等等。家长们会一个劲地端起酒杯，对部队表示感谢，对中队长指导员表示感谢，也实实在在地感受到了孩子身上的变化：以前得央求孩子把脏衣服脱掉洗一洗，现在孩子自己把衣服洗得干干净净；以前花钱大手大脚，现在一个月几十元的津贴反倒省下来不少；以前饭后抹嘴就走，进门都不打招呼，现在吃饭又是夹菜又是让座，饭后还主动去洗碗……同班的战友在品尝到打扫卫生的辛劳之后，饭后也三三两两地来到家属房看望战友的亲属，品尝战友亲属带来的土特产，一片乐融融的景象。家庭条件好的家长在品尝完部队的特产——大锅菜之后，会主动邀请干部们到外边的饭店去"坐一坐"，进一步拉近与干部们的距离，为孩子的成长营造一个好的空间。作为干部，这时候最好不要去，吃人家的嘴软，拿人家的手短，当着兵的面吃了家长的请客的饭，将来对兵管起来往往就缺乏了力度，对部队健康向上的风气也造成了伤害。

另一个亲属来队的黄金季节，是老兵复退前一两个月，兵们的女朋友会成群结队地来部队，来看一看心中的他，来看看好奇已久的警营。佳丽们的精彩会让兵们投去闪亮的目光，这也会成为训练间隙他们议论的话题……

我听说过一个"上半年土，下半年洋，一年之后不认爹和娘"的故事。一个二年度兵，逢人就说家里如何富有，吸烟吸中华（有时只是个盒），衣服穿名牌，手机用新款，不断有钱从家里寄来，但是在中队还是欠了不少账。面朝黄土背朝天的父母，突然决定要来队看望他，他再三劝阻，但是思子心切的父母还是来了。看到土得掉渣的父母，当着父母的面，他向全班战友介绍："这是我远房的亲戚，准备在驻地打工，来看我了！"性情火暴的父亲，怒气一下子上来了，"啪"，一巴掌打过去："你这没良心的东西，连你哥出车祸赔的钱都给你寄过来，你却说出这种话来！"

"子不嫌母丑，狗不嫌家贫。"这个兵也真是猪狗不如的东西！

冒 泡

"冒泡"一词，也叫掉链子，在老兵之中流传较广，在新兵中较少听到。冒泡，不是说鱼在水中吐的水泡，而是在部队某人或某单位犯了错误、出了问题，严重一点说是出了案件事故。"安全没保障，一切没希望"，一说冒泡，在部队最常见的就是安全方面出了问题。

当过兵的人，没有冒过泡是不可能的。我冒泡最多的时候，是在新兵连搞队列训练时，不知是自己好走神的原因，还是过于木讷的缘故，不论是会操还是平时训练，总是把"向后转"听成"向右转"，把"左转弯走"理解成"右转弯走"，气得班长经常让我出列单独操练。

对单位来说，冒泡是有规律的，往往发生在"八小时之外""小散远直"的单位。写到这里，不知什么原因，我想起前些日子，不知谁发到我手机上的一条短信。一只老鼠碰到一只猫，老鼠说："我是不是应该安静地走开！"猫说："你知道我在等你吗？"老鼠哭泣着说："为什么受伤的总是我？"猫微笑着说："因为牵挂你的人是我！"

是冒泡牵挂着一些单位或个人，还是一些单位或个人牵挂着冒泡？

如果不研究冒泡的规律，不从严治警，后果不堪设想。冒泡总是偏爱那些"没事不想事，出事就怕事，事后就忘事"的人和单位。

想冒泡呀？那就坐下来喝酒、站起来撒尿、躺下去睡觉，一天天地混吧！

马 扎

对于马扎，词典上是这样解释的：一种小型的坐具，腿交叉，上面绷帆布或麻绳等，可以合拢，便于携带。马扎在部队虽不是装备，也不是手中武器，但人手一个，比枪还常用，大到集会学习，小到一日三餐都要用它。一个马扎就是一个兵，有兵的个性，有兵的爱好，有兵的特点。立则气宇轩昂，跨则气沉丹田，放则稳如泰山。爱坐的兵，马扎上的绳索脏，体重重的兵，马扎容易开裂，坏得快。张三的马扎有自己的名字，李四的马扎记着只有自己才看得懂的符号，王五的马扎像自己一样弱不禁风……

马扎的周围，就是兵自己的领地。写信，特别是写情书时，自己那点小秘密，一般都是坐在马扎上，趴在铺上写。马扎发出的"咯吱"声，似与女友窃窃私语，又像女友看到男友这委屈的样子"咯咯"的笑声。

马扎在部队不是训练器材，但放马扎绝对训练有素，像托枪肩枪一样标准，像踢正步那样充满阳刚。不信，你听："准备马扎，放！"100多个人同时向后转体，把马扎放在自己的屁股下面。"叭"，真有点排山倒海的气势。再一声："坐下！"一个个精壮的大小伙子，直挺挺地就坐在了小马扎上，小马扎立刻成了跨立的姿态，"任尔东南西北风……"等指挥员再下令："调整调整！"小马扎立刻快速地移动，如行云流水般自然和谐。活动结束之后，随着一声"提马扎"的口令，马扎"叭"的一声脆响，如军人立正般站立，两腿迅速合在了一起，随兵的手臂移到了腰际，随兵一起跑步、齐步走。乍一看，这好像有点形式主义的味道，但部队就是部队，没有这整齐划一、干脆利索的样子，就没有部队的作风。

马扎是我无言的战友，伴我走过了春秋，伴我走过了冬夏，和我一起品尝酸甜苦辣，丈量天涯……

跑　步

军营里的跑步，不要求美国百米跑名将约翰逊的速度，也不要求"东方神鹿"王军霞万米的耐力，而是要求动作协调一致，目的是为了较好地协调配合，维护形象，进一步提高部队的战斗力。不信，看一看对跑步的要求就知道了。

口令为：跑步——走。要领如下：听到预令，两手迅速握拳，提到腰际，约与腰带同高，拳心向内，肘部稍向里合。听到动令，上体微向前倾，两腿微弯，同时左脚利用右脚掌的蹬力跃出约 85 厘米，前脚掌先着地，身体重心前移，右脚照此法动作；两臂前后自然摆动，向前摆臂时，大臂略直，肘部贴于腰际，小臂略平，稍向里合，两拳内侧各距衣扣线约 5 厘米；向后摆臂时，拳贴于腰际。行进速度每分钟 170 至 180 步。为了方便记忆，队列教员给我们总结过这样几句话："握拳抱臂腿弯曲，脚掌前部先着地，每步跃出八十五，立定之后跑两步。"

动作要领这么简单，但练好这些绝对不是容易的事。跑步练习分为分解练习和连贯练习。分解练习分这样几步走，先练抱拳，"跑步"的号令一出，双手变拳，迅速上提。数十次的反复之后，提拳的速度就有了迅雷不及掩耳之势。再练摆臂。摆臂练习时，口令下达为"一，二"。下达口令"一"时，右臂前摆；"二"时，左臂前摆，右臂后拉。关于摆臂，有"前不露肘，后不露手"之说。最后练跃跑，在操场上先打好 85 厘米宽的格子，右脚提起，左脚练跃步，每步85厘米。分解动作练得差不多了，再练连贯的。个体的练好了，再练集体的。我想，军人跑步时动作最美，特别是上百个军人集体跑步的样子，真如从海上喷薄而出的太阳一样雄伟、壮观。

跑步练好了，成为真正军人的步伐就加快了。

开小差

开小差，词典解释说是指军人私自逃离部队。开小差的事，在战时或旧军队中是时常发生的。我听说"开小差"这个词，还是小时候看电影听到的。

在当今的部队中，开小差的事不多，大都发生在新兵连的新兵身上，往往是因为不适应刚刚开始的部队生活所致。据教导队的同志讲，在新兵训练中，每年都有新兵借外出等理由逃离部队的现象。因此，在新训中，往往把防新兵逃离部队作为新兵连防事故的重点。

开小差，在干部或老兵身上发生是极个别的情况。据通报，某部战士刘某，在部队后不安心服役，以家庭缺乏劳动力为由，多次向组织提出复员的要求，未被批准，便擅自逃离部队。后经部队和有关部门多次教育，仍不思悔改，拒不归队，时间长达9个月。经军事法院审理认定，郭某已构成逃离部队罪，被判处有期徒刑6个月。

依法服兵役是每个公民应尽的义务，逃离部队是违法行为。更重要的是，逃离部队不仅会使部队非战斗减员，而且还会涣散军心，削弱部队的战斗力。

无兵如何打仗？开小差当禁，时间久者必须严惩！

规　矩

　　没有规矩，不成方圆。部队作为一个战斗集体，最讲规矩了。站的时候，要求头要正，颈要直，收腹、挺胸，两肩稍向后张，两臂自然下垂，两脚分开约60度……走的时候，两臂自然摆动，每分钟约116到122步，两人要成列，三人要成行等等。作为军人，无时不生活在规矩当中。

　　规矩，就是纪律。自由自在的生活是人人都向往的，但作为军人，遵守规矩要比自己的生命还重要。伟人毛泽东说："加强纪律性，革命无不胜。"抗美援朝时的一次战斗中，邱少云和战友奉命潜伏在离敌人前沿阵地只有60多米的草丛里，突然敌人打来一颗燃烧弹，落在邱少云的附近，烧着了他的衣服，在他的旁边就是一条水沟，他只要往沟里一滚就可以把火扑灭。但是，邱少云为了整个战斗的胜利，强忍着烈火烧身的痛苦，一动不动地趴在地上，直到牺牲，始终没有暴露目标，保证了部队按预定计划发动攻击，夺取战斗的胜利。1997年，解放军进驻香港，在哨位上，一只蚂蚁从哨兵的腿上爬到脖子上，将哨兵咬得浑身是疙瘩。哨兵完全可以抬手将蚂蚁打死，但为了维护军队的形象，他一动不动，直至下岗。

　　军人的规矩，体现在做人上就是军人道德规范；体现在做事上，就是"三大纪律八项注意"，更具体一点就是《保密守则》《内务条令》《纪律条令》；体现在行为上，就是队列、射击等军事动作。

　　守规矩,在部队是一件十分重要的事情。如果你被领导们认为不守规矩,日子是很难过的。特别是那些执拗得连自己的亲爹娘都不认的领导!

打　的

兵们外出的机会不多，打的是少有的事。但是，在我当教导员期间，确实有一个兵打过的，并且这个"的"打出了一场风波。

二年度兵张二虎的父母从四川老家来北京开会。星期天利用外出的机会，张二虎按规定请了假，去看望父母。在与父母的亲切交流中，时间过得真快，转眼到了下午三点。如果乘公交车晚饭前肯定赶不回中队了。于是，小张就花100元打的提前10分钟归了队。

花100元打的的事在中队一传开，立即激起了层层波澜。有的说，小张"死脑筋"，打个电话续个假不就行了吗？有的说，部队又没有战备，超几个小时算什么？也有的说，小张做得对，纪律是军人的生命，打的按时归队，维护了纪律的严肃性，等等。这事很快就传到了政治指导员耳朵里，在晚点名时，指导员对小张的行为进行单独表扬，号召全体官兵向他学习，并给予了中队嘉奖的奖励。

是啊，"加强纪律性，革命无不胜！"作为一名武警战士，与犯罪分子的较量，也许就是在一分一秒之间。早一分钟或一秒钟，就可能先于敌行动，将敌歼灭；晚一分钟或一秒钟，犯罪分子就可能逃脱，也可能使自己或战友牺牲。

台上一分钟，台下十年功。平时不养成习惯，关键时候怎能拿得出来呢？

出公差

"出公差"一词，《现代汉语词典》中这样解释：临时派遣去做的公务。在中队出公差最多的事，就是到饭堂帮炊。

士兵以出公差为理由出私差的现象时有发生，像指导员家属来了，帮其收拾收拾家务，队长家属来探亲了，帮其哄哄孩子。

最近，我听说了一名战士雇人出公差的事。战士小李的父母在深圳开公司，可谓家财万贯。为了照顾这个在外当兵的儿子，父母在他临当兵前给他一张存有20万元的银行卡，并说如另有需要可随时打电话。在家过惯饭来有保姆、衣来有父母日子的他，凭着对部队的美好向往，来到了部队。一次，根据上级要求，他要负责清扫雪后一段马路。他直接找到民工市场，找来三个民工，以每人500元的价格，把中队分给他们班的那段路，让民工干了。更有一次，班长派他和另一个兵去打扫厕所，他就和这个兵来了个"君子协定"：帮他打扫一次，他出100元钱！

当兵就要准备打仗，当兵就要时刻磨炼军人特有的意志和品质，参加一些劳动也是一个军人历练基本素质的一个方面，怎能花钱请人干呢？

公差要出，而且要出好啊！

警容风纪检查

关于警容风纪，《内务条令》是这样规定的：军容风纪是军人的仪表和风貌，是军队作风纪律和战斗力的表现。部（分）队在经常进行军容风纪教育的同时，必须建立健全检查制度。连级单位每半月、营级单位每月、旅（团）级以上单位每季度至少进行一次军容风纪检查，及时纠正问题并讲评。

周六的早晨，副中队长组织副班长对各班进行卫生大检查的时候，中队长或值班排长就组织中队警容风纪检查了。一声响亮的哨音之后，值班排长下令道："除副中队长、副班长外，中队所有人员楼前集合，进行警容风纪检查！"一阵急促的脚步声由远而近，由高频率到低频率，伴着"一，二，三，四"呼号声，兵以班排为单位开始整队、报数，然后向中队长报告："中队长同志，一排参加中队警容风纪检查，应到40人，实到32人，4人参加中队卫生检查，2人休假，2人住院，列队完毕，请指示。"中队长："部队稍息，请你入列！"接着是二排、三排报告。各排长报告完毕之后，中队长跑到中队队列横队前："国庆节马上要到了，下周大队、支队还要分别进行警容风纪大检查。为了以严整的警容风纪迎接国庆节的到来，为了以良好的形象展示在大队支队领导和官兵面前，对这次警容风纪检查，我提三点要求，一是……"中队长提完要求之后，从头到脚的警容风纪检查就开始了。

一次警容风纪检查，就是人与人、单位与单位的比赛，就是一次教育，一次正规化管理和树立良好形象的教育，就是一次大的检查，一次纪律、作风和思想的大比拼。细节决定成败。所以，大家格外重视，从头到脚自查一遍，"三互"小组互查一遍，班长再逐查一遍，一切都停停当当、稳稳妥妥了，大家还是不放心，不断地查、不断地找，有一种不争第一不罢休的韧劲。

　　中队长先巡视一遍，部属们一一立正，将手抻开翻一翻，稍息。接着，中队长一声令下："提裤腿！"官兵们齐刷刷地用两手指捏住了大腿外侧的裤子向上提。鞋是部队统一发的胶鞋，鞋带是统一系的"一"字形梅花结，袜子倒彰显了每个同志的个性，有绿的，有黑的，有灰的，极少见到纯红或纯白的。中队长再一声令下："掀衣角！"大家同时撩起了自己上衣前胸的下角，没有赤背的，所有的内衣都扎进了腰带里，内衣外摆没有外露的。最后一个口令："脱帽！"按照队列要求的动作要领，百十号人的动作如一人所做，两手协力将帽子取下后，左手稳稳地托着。那头型，如用机器加工的一样：一样青春年少的脑袋，一样长短一致的头发！

　　看到这样的部队，你一定感慨：这是一支纪律相当严明的部队！

苦　累

　　部队有句老话："苦不苦，想想红军二万五；累不累，想想革命老前辈。"苦累和想家一样，都是成为合格军人的必修课。合格的军人，没有不勇于受累吃苦的。

　　著名法国军事家拿破仑也说过这样的话："作为一个军人，首要的本质便是能够承受疲劳与艰苦，勇敢属于其次！"按说，当兵的全是苦水泡大的，打起仗来死都不怕，和平时期吃点苦受点累算什么！但是，现实生活中并不是这样的，尤其是随着我国经济条件的进一步发展，"饭来张口、衣来伸手"的兵越来越多。曾有一个兵到部队时，十七八岁了，连衣服都不会穿，洗衣叠被更是不沾边，临参军时家里给带了一张银行卡，一个新兵连的时间就花了15万元，只要外出就要给上至中队指导员、下至本排里的所有战士人均一份礼物。吃苦就更谈不上了，天冷了，他不起床；上了训练场，自称有病不适应高强度的训练；天热了，主动提出要投资30万元，为中队所有班安装空调！

　　作为军人，吃得足够的苦，才能取得合格证书。军人吃苦是一种境界，它会使人增强思想上的钙质，强壮体魄和耐力。吃苦不但能迸发巨大的潜能，而且还会增长技能。"苦"，是军人强壮身体的催化剂，是增长耐力的助推器，是战胜平庸懒惰的锐利武器。

　　当得起兵，就吃得起苦！天寒地冻何所惧，笑向苦累觅甘甜。这是一个革命战士的情怀，也是一个革命者应当具备的基本素质。军旅生涯，鲜花与汗水相伴，荣誉和困苦同在。当兵的人，要实现自己的远大理想和人生的价值，就必须过好吃苦关，以勇气迎接挑战，以意志战胜坎坷，以微笑面对苦累。科学家牛顿也说过这样的话："假设你要获得知识，你要下苦功；你要得到食物，你要下苦功；你要得到快乐，你得下苦功，因为辛苦是获得一切的定律。"一旦闯过苦累关，体魄就会更强健，意志就会更坚定。

宋代著名诗人苏轼也曾说过："古之立大事者，不惟有超世之才，亦必有坚忍不拔之志。"苦累对军人来说，是磨刀石，选择了军旅，就选择了苦累，也选择了你一生取之不尽、用之不竭的财富。

同志们，这点苦累算什么，擦干泪，不要怕，因为我们还有梦要追求。

请　假

　　刚到部队时，尿憋得肚子痛，小肚子胀得鼓鼓的，一动就能把尿晃出来。要是在家或者在外打工，不用说，找个地方解决了。可在部队不一样。一次，我两手提着裤子，急急忙忙地好不容易找到厕所撒尿。看着尿打着旋儿进了下水道，我感到莫名的轻松。当我轻松完回到班宿舍里时，发现班长正在号召全班的同志找我。班长的脸都青了，怒气冲冲地问："到哪里去了？"我嗫嚅道："去厕所了。"班长说："以后外出必须请假！"管天管地也管拉屎放屁！我心里反对，但没有敢说出口。这是关于请假的问题，部队留给我的第一印象。

　　关于请假的问题，条令是这样规定的：军人外出，必须按级请假，履行审批手续，按时归队销假；军人在执勤和操课（工作）时间内，无特殊事由不得请假。请假一日以内的（不远离驻地，不在外住宿），士兵由连队（队、站、室、所、库）首长批准，未编入连队（队、站、室、所、库）的士兵由直接管理的军官批准；军官由直接首长批准。周六、周日，是兵请假的黄金时段。值班排长发话："每个班外出一名，由排长报到中队部！"中队长批准后，兵们便着好便装，携带"两证一条"外出了。另外，条令还对请假一日以上的人员作了具体规定，大家一定要遵守呀！

　　现实生活中落实条令不到位的单位和人员并不鲜见，有的过严，士兵请假必须由大队批准；有的过松，中队长就可放战士回家待两个星期。过严和过松，都是违背条令的行为，都有违条令的严肃性和法规性。

条令条令，条条是令。作为当兵的人，做任何事情都不应该出条令这个"圈"！

考军校

"不想当将军的士兵不是好士兵。"这是法国军事家拿破仑说过的话。现实生活没有这么绝对,但肩扛黄牌、扛银星是不少兵梦寐以求的事情。于是就引出了这样一个话题——考军校。

某兵小吴,文化底子还可以,高考落榜后来到部队,一心想考军校。于是,新兵没有下连时,就买了不少学习资料,抽空就找个僻静的地方学习一会儿。新兵下连后,更是伴着三更灯火五更鸡鸣学习起来,中队的工作他借故不参加,平时的训练他认为会就行了。到了真正考军校的日子,他紧张得茶不思、饭不想,到了考场迷迷糊糊地就过去了,考军事动作时更是闹出了不少笑话。结果,大家可想而知。小吴的压力更大了,几次出走被战友们找回,最后住进了精神病医院。等病治好了,小吴的年龄也超了,只好带着遗憾永远地离开了部队。

其实,大可不必。考军校,是许多战士寄予很大期望的目标,虽然这里的竞争或许比高考还激烈,虽然这里更多的战友是名落孙山,但他们在这一过程中学到了知识,丰富了阅历,更清楚地认识了自己,并不算失败。然而,如果过于看重最后的结果,为了考学不顾一切,就容易走上看似捷径的歧路。

帮　厨

当兵之初，我每每受到表扬，都会有这样的前缀："大小工作积极主动的有……"其实，这个"大小工作积极主动"就是帮厨。当新兵时，帮厨是我的最大的爱好，在整个新兵连中，也是因此受到表扬次数最多的一个人。

实实在在地说，起初帮厨的真正目的是为了受到表扬，或者说是自我表现。农村出来的孩子，身体不够协调，动作掌握得慢，但不怕吃苦，不怕受累，想受到表扬，我想这是一条实实在在的捷径了。那时候，受到表扬，比吃了蜜还甜。但后来真正融入进去之后，就是发自内心的喜欢了。烧火时，看着红彤彤的煤火，感受到了童年的快乐；摘菜时，看到绿油油的青菜，想到农民的辛劳和自己少年生活的艰辛；做豆腐时，把黄澄澄的豆子放在研磨上，转动几周之后，立刻流出白白的豆汁，想到了"粉身碎骨浑不怕，要留清白在人间"。

那时，我帮厨的时间一般是周六下午，同批战友中，有的去洗衣服，有的几个人坐在一起打扑克，而我则除了出黑板报外，就溜进炊事班去帮厨。班长对我十分友好，边教我如何洗菜、烧火，边教我如何处理上级或战友之间的关系，最后最紧要的是统计帮厨人员都把我统计在内，星期日点名时中队长就会表扬我，说大小工作积极主动的有XX！

随着时间的推移，我深深地感到帮厨中蕴含着深刻的道理。比如，看似简单的切菜，蕴含着切、劈、削、旋等十几种刀法，不同蔬菜用不同的刀法，不同的刀法能留住不同的营养；酵母的多少，水量的大小，决定着面食的柔软程度；炒菜，有的菜需要急火，叫爆炒，有的则需要文火，"千滚豆腐万滚鱼"；烧火也得讲究艺术，点火、送煤、压火，样样都是学问，不花时间是磨炼不出来的，也是感受不到的。

最让我感到惊奇的是，我们的炊事班班长因做饭菜的手艺高，被破格提成了干部。我们的中队长，在给炊事班班长送行的大会上说，无论干什么工作，只要踏实地干，认真地琢磨，没有干不出名堂来的。

士 官

  士官入伍的第二天,他就学会了《想家的时候》这首歌。他说,当时指导员教一句,他们学一句,唱了没几句,就有人开始哽咽,接着是小声抽泣,一段没唱完,大家已是泣不成声了。一些从没出过远门、从没离开过父母一步的人,好家伙,黑天黑地给拉到了几千里之外,不想家又想什么呢!但想家归想家,军营不相信眼泪。哭过了,抹干眼泪,还得精精神神地上训练场。

  士官在军营里的每一天都是一个挑战,每一天都是一次磨炼。珍惜军营生活中的每一个第一次,第一次站军姿晕倒,第一次打靶时的紧张兴奋,第一次紧急集合的狼狈与无奈。随着时间的流逝,一切都在转变。两年下来,枪也打过了,正步也练烦了,全副武装的五公里越野跑得也如飞了,许多军人应有的基本素质也在潜移默化中慢慢积累了,也就由一名想起家就流泪的小兵成长为一名士官了。

  士官就是拿着官的工资,干着兵的活的人。士官选取有四个条件:志愿献身部队建设;能胜任本职工作;具有初中以上文化程度;身体健康。

  士官就是士官,往队列里随便一站,绝对不会有人说他是一个新兵。他会把令人生畏的 400 米障碍练得游刃有余,把让人头痛的单双杠练得游刃有余,会把褪色的军装穿得精神抖擞,会把泛白的棉被叠得达到内务标兵标准。随着秋天的到来,他会看着戴黄肩章的战友发愣,感慨人生苦短,时间有限。

看起来，他们有时像军官，有时像士兵，在干部面前不紧张，在士兵面前像大哥。士官的棉被洗得干干净净，缝得密密匝匝、结结实实，叠得好，棱角分明，每次内务评比都是标兵。士官干工作，不需要干部交代注意事项，就能领会首长意图，时刻能分清事情的轻重缓急。士官，没有军官的威风，却有军官的气质，没有士兵的胆怯，却有士兵的干劲。

黑板报

凡在基层当过兵，特别是当过文书的同志，对黑板报都有特别的情结。黑板报或立于中队的门口，或挂在中队的墙上。要是某某得到了表扬，上了黑板报不亚于上了《人民日报》，在记忆深处是一段永远抹不去的回忆。上了《人民日报》最多让大家看一眼，而上了黑板报则不同，大家天天看。

黑板报是中队的门面。每逢重大节日或有大的活动之前，支队都要搞黑板报评比，这可不亚于政治指导员上台领奖。于是，指导员使出浑身的解数，请外单位的"能人"帮忙，个别的还打起了战术，白天不出晚上出，或者到各中队转一圈，博采众长，然后找个僻静的地方加班加点。

平时训练不行的文弱书生，这时候却成了"香饽饽"，中队长看黑板报出得好，也赔着笑呢！

本人也是出黑板报的人，从入伍那年在新兵连里就出，一直出到成了正连职干部，在总队司令部办公室当了文字秘书。一般情况下，在战友们打牌、聊天的时候，在领导的授意下，我便驰骋在这黑白相间的方阵里，让火热的警营更加富有激情，让青春的颜色更加靓丽。当领导们赞许的目光投来时，当战友们为我赢来的荣誉鼓掌时，我感到莫大的荣耀。

对于出黑板报，我的体会是：板报一定留白合理，根据不同的内容选择不同的字体和颜色,内容要与单位的实际近些再近些……

　　一块好的板报,就是一篇好文章,就是一堂好的政治教育课,也是单位形象与主旨的象征!

点 名

"嘟——"一声清脆的哨音之后,值班排长发出了点名的口令。一阵紧张的脚步声之后,官兵们迅速地列队站在指定的集合位置。值班排长整队,组织部队报数、整理着装之后,向中队长报告:"中队长同志,全中队点名前列队完毕,应到100人,实到95人,5人休假,请指示。"

我任中队副政治指导员的时候,一次,中队长组织点名。在呼点到某兵小于的姓名时,正在小解的小于不假思索地答了声:"到!"为此,中队长大发雷霆,把小于批得一塌糊涂。这也怪小于,你没有到凭啥说到呢?

点名,简单的理解就是呼点姓名,主要包括清点人员、工作生活讲评、部署次日工作或者传达命令指示等。全中队百十号人一列队,中队长在众目注视下,挺胸抬头,喊着每个兵的名字。兵们则在一声响亮的"到"之后,马上由稍息状态变成立正姿势。点到后一个名字时,前一个则自行稍息。其实,点名的意义更多的是对当日或阶段工作情况进行讲评,或者对将要进行的工作提出要求。它同支委会、支部党员大会、党小组会、思想骨干汇报会、队务会、中队军人大会、班务会并称基层经常性行政例会。对于晚点名,《内务条令》明确规定:连队(队、站、室、所、库)通常每日点名。休息日和节假日必须点名。点名由1名连队(队、站、室、所、库)首长实施。每次点名不得超过15分钟。点名通常以连队(队、站、室、所、库）为单位于就寝前或者其他时间列队进行，也可以排为单位进行。

中队点名事不大，但真正按要求做好，并不是件容易的事。每次点名从中队首长商定内容、中队值班员发出点名信号、全中队人员集合、整队、清点人数到中队主官队前点名，这一套程序体现了部队令行禁止的作风，也培育了战斗精神。

万丈高楼平地起，细小工作莫大意。抓基层打基础的工作不都是从这些小事开始的吗？点名既是落实条令的要求，又是中队经常性工作的一部分，我们必须用心做好。

战　备

古希腊著名诗人说过这样的一句话："贤者总是在和平之时不忘备战。"

中国古代文明在治国安邦上历来讲究"内修文德，外治武训"的政治原则。开明的统治者都能意识到：文化是国内政治的中心，而军事和国防更不可或缺。对外要注重国防，随时准备作战，使敌人望而却步，不敢轻易造次。《晋书》中就记载了一个"枕戈待命"的故事。刘琨所带的兵，每天都是枕着兵器睡觉，但时间一久，不少士兵就有些懈怠，因此受到了匈奴骑兵的袭击。在总结会上，他大发雷霆："晋阳城非不高，池非不深，匈奴乘机袭我，实属我守备不严，不能应付突变。忘战必危也！"从此，刘琨的部队刀不离鞘，夜不解甲，毫不松懈。匈奴得知刘琨的部队枕戈待旦，从此不敢轻举妄动。也许这就是战备的由来。

战备，也就是备战，为战斗做好准备。《军队基层建设纲要》规定，坚持平战一体，贯彻战备法规，始终保持召之即来、来之能战、战之必胜的战备状态。根据军委颁发的《全军战备等级规定》，我军战备等级分为四级、三级、二级和一级战备。四级战备，是在国内外发生重大突发事件，有可能对国家安全和稳定带来较大影响时部队所处的战备状态。三级战备，是在国际形势和边境地区出现重大异常情况，有可能对我国构成直接军事威胁时部队所处的战备状态。二级战备，是当局形势恶化，对我国已构成军事威胁时部队所处的战备状态。一级战备，是当局形势极度紧张，针对我国的战争征候已十分明显时部队所处的战备状态。这些规定主要针对解放军，而对我们天天执勤、经常处突和随时反恐的武警部队来说，只是参照执行。我们最常见的是三级战备。节日到了，上级就开始下发文件了，部队即时转入了三级战备状态，指导员进行战备教育，中队长组织战备检查，看看"三分四定"落实了没有，查查战备方案是否符合战备实际，把部队拉动一下，看看大家战备观念强不强等等。

《司马法》中，有一条重要的战略思想，即"天下虽安，忘战必危""居安思危，思则有备"。意思是说，越是和平时期，越要警惕战争的危险，做到有备无患。《南史·陈暄传》中有这样一句话："兵可千日而不用，不可一日而无备。"说的就是兵长时间不用打仗，却一天也不能放松警惕。

开展战备工作，拟制下发方案，搞好战备教育，精心准备物资，等等，一样都不能落啊！否则，真要出了事，可要吃败仗了！

家属房

有部队的地方就有家属房。家属房是部队里的一大景观，或大或小，或长或方，在营外或营区内不规则地矗立着。

家属房是充满幸福和神秘的地方。兵们说，啥时候，我也能住上家属房，那就好了；干部们说，家属房就是我在部队的家，这里有妻子的气息、孩子的玩耍和那永远的欢笑。

家属房，说白一点就是住家属的地方。什么是家属？是男的，是女的，是老的，是少的，没有具体定义，我也没有查到相关说法。兵的父母来了，说是家属来了；兵的兄弟姐妹来了，说是家属来了；兵的妻子儿女来了，说是家属来了。家属，就是本部队外与兵或干部相关联的人。

家属房是部队的一大景观，虽然有些部队的影子，被子有时叠得有棱有角，有时洗漱用具、餐具之类按大小个的顺序依次排列着，但毕竟是部队的特区，不一定非穿军装，不一定全是服兵役的军人，有的是老少男女，有的是各类花花绿绿衣物到处摆放，有的是男性用品、女性用品找个旮旯堆放。

训练间隙，新兵看着长长短短、花花绿绿的家属房晾衣场晾晒的衣服，煞是好奇，有时缠着班长问这问那，班长说，你长大了就知道了。兵摸着后脑勺说："我还没有长大啊，已经18岁了！"

虽然这里小得不能再小，往往只有十多平方米，简陋得不能再简陋，只有两张单人床拼起来的双人床，只有不知从哪里借来的碗筷等生活用具，只有临时借来的一台公用电视，但这里充满了温馨、甜蜜、刻骨铭心的回忆。已婚的干部每年都有两个月在这里居住，在这里其乐融融地生活；老士官们，可以在这里度度蜜月，让爱人感受一下部队的气氛……

　　一位住过家属房的女人羞涩地说："家属房面积虽小，作用却不小，仅仅一个晚上，就让我实现了重大的历史和现实的双重转变，由一个女孩变成了一个女人，由一个社会青年变成了军嫂！"

军　嫂

"因为爱着你的爱，因为梦着你的梦，所以悲伤着你的悲伤，幸福着你的幸福；因为路过你的路，因为苦着你的苦，所以快乐着你的快乐，追逐着你的追逐……"

这是歌曲《牵手》中的歌词，每当听到这首歌的时候，大家一定会想到那些无怨无悔嫁给军人的女人们。大家可能在电视上看到过这样一个节目，组织十个不同职业的丈夫摸手认妻，十个中有九个摸错了，唯有一个有些苍老的军人摸对了，电视台采访他，问他凭什么就知道这是他妻子的手。他有些激动地说："我没有什么秘密，全凭我们夫妻14年的感情。不瞒大家说，结婚前，我摸妻子的手时，感觉她的手很光滑、细嫩……而妻子嫁给我之后这些年，在家又要种地，还要照顾老人、孩子，手变得异常粗糙，有一年割麦时，还不小心被镰刀划出了一道口子！"话音未落，大家热烈的掌声马上响起来。而站在他旁边的妻子已经泪流满面，分不清是理解的泪水，还是感动的泪水。

两张单人床拼在一起，军人就结婚了。军人的妻子有一个统一的称号叫军嫂，兵们则整齐划一地称她为"嫂子"，"嫂子好"是对她们一致的问候。

嫂子来队是老兵们最快乐的时刻，他们一边忙着招呼新兵为嫂子打扫房间，一边不停地数着嫂子的好处：嫂子人漂亮、心眼好、教我们音乐、英语……还给某老兵介绍过对象。说曹操，曹操就到，家属房里的卫生刚打扫彻底，玻璃上还挂着旧报纸掉下的丝儿，嫂子就到了。看着嫂子前边一个包、后边一个包、手里牵着小娃娃的样子，兵们比队长还高兴，他们列了队在门口欢迎，手掌都拍红了。嫂子笑吟吟地迎面走来，像对每个人打招呼，又像对谁都不打招呼，绯红的脸上带着淡淡的羞涩。嫂子一进屋，兵们便飞涌着进去，队长的脸则定格地笑着，把嫂子带来的土特产一一分去，直到包里空了。熄灯号响了，兵们跳跃着离开了，嫂子的脸更红了，一边说着"孩子想你"的话，一边一头扎进了队长的怀里。队长说："孩子还没有睡哩！"

嫂子来部队，队长高兴，兵们也跟着一起快乐，孩子成了大家共同的"玩具"。这个兵教他踢正步，那个兵教他练倒功，看着孩子认认真真的样子，都说我们武警部队后继有人哩！

每年这时候，嫂子利用短暂的空闲来到部队，来看看她心仪已久的警营，来看看她的心上人，来看看中队又增加了几张新面孔。警营是她的驿站，又是她永久的栖息地。她们如候鸟般飞来飞去，匆匆地来，又匆匆地走。对她们来说，最长的是路，最短的是相聚。坐火车，倒汽车，乘马车，费尽周折，有时在路上坐车的时间比在部队住的时间长。一位军嫂动情地说："让我做营区外的一棵草吧，我可以不和他厮守，只愿可以天天看到他训练时的样子！"

培根在《论人生》里说过这样的话："那些为军人而生的女人们，心中有最深的感情湖，能忍受最长久的孤独，也能抗衡难以预知的痛苦。"一年有45天南来，有45天北往，南来的是回忆，北往的是幸福。靠着信任维护着分开的爱情，靠着电波或一两封信件保持着爱情的温度，靠着对对方的忠诚维系着家庭。

像老兵荣归故里，嫂子在兵们的前呼后拥中走出中队的门，孩子却赖在中队不走，说："走了，就没爸爸了！"中队长一边抱着孩子，一边去追嫂子，等把嫂子追上了，孩子也睡着了。队长把孩子递过去，郑重地说："一定注意安全！"嫂子说："知道了，别忘了打电话，孩子想你！"其实，孩子的妈也想你。

干部一到副营，嫂子就可以随军了。随了军，嫂子也就成了一名"职业"军嫂了，听着军号起床，枕着军号睡觉，随着口令吃饭，住在部队分的房子里，操持着军人的家务，给军人丈夫洗那穿了一星期的臭袜子，帮着军人丈夫挠痒……

随军，随军！

随你生，随你死，

随你到天涯海角，

随你到海枯石烂……

体能训练

三大步伐之后,新兵训练转入体能训练阶段。100米跑,5000米跑,俯卧撑,单、双杠一至三练习,仰卧起坐,蛙跳等是体能训练的主要内容。最基础的也最简单易行的体能训练是俯卧撑、仰卧起坐,你听吧,熄灯后宿舍里那"咯吱吱"的声音,此起彼伏,一个比一个练得欢。

早操之后,班长站在马路上,动员道:"剩下这120米的路程了,咱们来一个100米跑,谁跑在后面,谁再跑一次。"于是,一场班里的飞人大战开始了。你看个矮的小张,两只脚蹬成了一个扇面,频率快得惊人。身高脚长的小李,迈着"撒丫子"般的大步子,两条腿像两个轮胎,飞速地向终点跑去。结果小张紧随小李之后到达终点,最慢的是小王,力量比其他人大,腿臂不比他人短,可惜身体比其他人胖,成了累赘!

流血流汗不流泪,掉皮掉肉不掉队,是体能训练场最时尚的口号。操场上,中队长一边喊着口令,一边纠正着动作,谁的屁股撅高了,谁的胸脯没有着地。最难受的是分解俯卧撑,中队长一声令下,全中队人员呈"三"字形排开,"一"下,"二"上,"一"拖得时间越长越难受,几个回合之后,一种难以忍受的疼痛在两臂及胸间传递,似自己在撕裂自己的肢体。"二"字更是残忍的,那长长的声音,有肌肉被一条条撕开抽去的感觉。时间再长一些,"一"就使不少同志腹部着了地,"二"之后身体也撑不起来了,只得趴在地上,任由汗水泪水一块流，印成一个个的人影儿。这就叫平时多流汗，战时少流血。岂止是汗呢，泪也不少！

冬练三九，夏练三伏。最冷的天和最热的天，是体能训练的好时节。六七月的天气，气温达到38℃，在盘山路上，在操场的400米的跑道上，穿体能训练服的士兵似在与太阳赛跑，汗从士兵的头发上、体能训练裤头的角上小溪般流下来，一路跑来，一路汗水。滴水成冰的日子，人们躲在开着空调、暖气的房里隔着玻璃向外看，兵的身上像烧开水的锅炉，热气像云雾一样向外散发，偶尔穿着大衣过路的人，看着这些热气腾腾的兵，觉得不可思议：他们是用什么材料制成的？

一年之后，感觉自己的胸脯厚了，胳膊腿粗了，跑得速度快了，5000米再也不存在跑不下来的现象了，自己也就慢慢地成了真正的军营男子汉。

单　杠

　　单杠是军人的训练器械，更是一个关口。我当兵的时候，班长说："新兵下连前，必须完成1至2练习，下连一个月之后必须完成3至5练习，半年之后必须完成前8练习。"

　　1练习——引体向上，看着容易，做起来也不难，两手一用力，下颌就过了杠，可连续十几次就没有那么容易了。大个子的同志往往如蛇一样，从下到上一节一节地往上动，动到脖子处却没有了力气，只能望着那铁杠，怒道："你小子有种！"小个子的则深吸一口气，把胸腔鼓得大大的，奋力一拼，眼珠子都快挤出来了，把嘴巴用力往前向伸，真恨不得自己的下巴大一些，挂一会儿。我想，这个动作对于我这样的小个子绝对有好处。

　　2练习——卷腹上。两腿外分呈直角，两手后分，整个动作好像老鹰空中捉小鸡。腾空一跃，两手锁住单杠，收腹举腿拉臂过杠等动作一气呵成，这个动作就算完成了，老兵或班长就会竖起大拇指。这个动作，小个子做起来容易，大个子不容易，有的大个子当兵几年，就没有上去过一次。古有削足适履之说，我想大个子肯定有截腿适单杠的想法。

　　……

　　新兵下连后的一个星期天上午，一个班长组织一批完不成单杠动作的兵们训练。班长说："休息，休息！"兵们，特别是一些大个子兵，一屁股坐在地上，嘟囔道："谁发明的这鸟东西！"

谁英雄谁好汉，器械场上比比看。这个"器械"，往往就指单杠。

单杠啊，单杠，多少大个子为你神伤。

流动红旗

　　部队真是一个喜欢竞争的集体，除参加全军统一的"争创先进连队、争当优秀士兵"外，还有这样或那样的比赛。各级更是变着法激发兵们的积极性和主动性，树立了各类的典型或标兵，训练有训练标兵，内务有内务标兵，学习有学习标兵。为了彰显这些标兵，便制作了一面面锦旗，美其名曰"流动红旗"。

　　流动红旗有集体的，也有个人的。集体流动红旗，往往以相对集中居住的单位为范围，有军级的流动红旗，有师级的流动红旗，也有团营连排级的，但统统是由高级别向低级别发的。流动红旗有发给单位的，也有发给个人的。最低级别的流动红旗，我想就是各排发内务标兵的流动红旗。流动红旗就像拳王的金腰带，是一种荣誉，更是一种荣耀，你看受领者在队列前灿烂的笑就知道它的重要性了。流动红旗应当是流动的，要是不流动了，那叫水平高了，就像体育比赛中的奖杯，永久性保留了。

18 岁

18 岁是当兵的年龄，"十八岁，十八岁，我参军到部队，红红的领花，映着我开花的年岁"，出落得一身英气的你、我、他，穿上没有领花、帽徽的军装，神气十足地走进军营，走进这个不知天高地厚的地方，走进这个充满辛酸、泪水和荣耀的地方。

18 岁是成熟的年龄，马克思在 18 岁时，进入了柏林大学，他不被"学院式喂养方法"所束缚，致力于研究历史与哲学，为自己几年后由革命民主主义者转变为共产主义者奠定了基础。列宁 18 岁时，参加了俄国一个秘密的马克思主义小组，结识了一些进步青年，开始研究马克思著作，酝酿革命活动。毛泽东 18 岁时，以天下为己任，为寻求救国道理，远走他乡。华罗庚 18 岁时，在杂货店当学徒工，却勤奋钻研数学，第二年就发表了学术论文，25 岁时成了世界上著名的数学家。诺贝尔 18 岁时，不为游牧式的生活所消磨，埋头搞气量设计。俄国诗人普希金 18 岁时，已创作了不少脍炙人口的诗歌，人们以能背诵他的《自由颂》而感到荣誉……

18 岁是个分水岭，成年了，翅膀硬了，要离开父母，要走自己的路，要在自由的蓝天自己去飞翔了。已经穿上军装的你，准备好了吗？不要犹豫，莫要彷徨，未来属于你，属于只争朝夕的你、我、他！

18 岁的年龄充满幻想，充满憧憬。然而，自从 18 岁的岁月被绿色所包围，便谢绝了许多本该属于青春的浪漫。这里是男子汉的王国，是炼钢的熔炉，是成长英模的摇篮。这里容不得弱者的眼泪和懦夫的叹息，容不下五颜六色的浪漫与灯红酒绿的潇洒。这里是直线加方块支撑起来的刚强世界，青春的热血在这里沸腾，青春的能量在这里燃烧，青春的梦想在这里实现。

此刻，年轻的心便生出无限的自豪：远方的故乡啊，我在守卫着您的安宁。人生的路，要靠自己去走；军旅之歌，要由自己去唱。尽管道路很长，但只要有了当兵的历史，就会有血与火的记忆，就会有战斗与奉献的光荣。握紧手中的钢枪，护卫着祖国的和谐安康，从军无悔，青春无悔。我为我的青春骄傲，为我的选择自豪，因为我的青春已与祖国的伟大事业紧紧相连，已把自己的满腔热血融进了祖国的安宁与繁荣。

射 击

　　射是动作，击是目的。击得越准，说明你水平越高，能力越强。在新兵连里，我曾因射击受到了排长点名表扬，也曾受到严厉批评。不知是娘胎里带来的，还是后天的训练不够，射击瞄准练习时，我双眼要么同睁，要么同闭，不能一个睁一个闭。一天，排长说，一个班来一个试射的，抽到谁算谁。不想，幸运得很，当点到我们班时，排长就一口喊出了我的名字，我高兴地跳起来。但班长还是替我捏了一把汗，这小子平时连眼都闭不死，能打好吗？结果却大大出乎了他的预料，两发子弹，我共打了20环。这节训练课结束时，排长狠狠地表扬了我们五班，重点表扬了我。从此以后，班长对我的训练也开始特别关照，有意或无意地让我学着一个眼睁、一个眼闭。一段时间之后，我做到睁闭自如了，也就到了新兵连结业的日子了。中队长开始酝酿一场较大规模的比武：每个新兵排出两名神枪手，进行射击比赛。在我们排，选来选去，光荣落在了我的头上。我也满怀信心地上了靶场，决心以优异的成绩向首长和同志们汇报。不想，这次成绩比任何时候都糟！其后果可想而知。

　　射击是军人的拿手好戏，也是军人的看家本领。军人格外看重它，把它看作重于生命的工作。你看：练眼功，先盯着靶子的10环区，眼皮不眨，眼珠不动，一盯就是半小时。时间久了，眼球发酸，眼直流泪，眼皮不听使唤。风来了，沙子打进眼里，不能揉眼，飞虫落在脸上，不能用手去轰，也不能启动脸上的肌肉。练手功，持枪端臂，人体与大地垂直，右臂抬起与枪持平，左手托住上护木，枪托抵住肩窝，枪管挂着红砖。开始的时候，手臂酸痛难忍，接着是麻木。时间一长，手臂红肿，吃饭端不住碗筷，睡觉不能翻身，咳嗽不敢用力。但第二天，操课号一响，仍然毫不犹豫地上训练场。

部队射击分为1至5练习，不同的枪有不同的规定，手枪是一个样，机枪是一个样，步枪又是另一个样。但都有同一个目标，那就是战场上的敌人，射击场上的靶子。

习 武

　　在纽约联合国总部大厦前的草坪上，矗立着一尊雕像——一位魁梧的男子左臂扬锤，努力打造着右手握着的一柄利剑，那柄利剑正在变成耕地的犁铧。这昭示着人们反对战争、追求和平的主题。但这只是人们的向往而已。战争的威胁时时都有，我们这些军人都是为战争而存在的。时刻准备打仗，是我们军人永远的中心工作。

　　在部队里流行着这样几句话，"当兵不习武，不算尽义务；武艺练不精，不算合格兵。""谁英雄谁好汉，训练场上比比看！"一个士官班长这样说："当兵不习武，不如大街烤红薯！"习武是军人的天职，也是为战争获胜积蓄力量的主要方式。

　　"尚武"一词在《辞海》里的解释："崇尚武事"。毛泽东同志说过："我们中华民族有同自己的敌人血战到底的气概，有在自力更生基础上光复旧物的决心，有自立于世界民族之林的能力。"这句话是对我们中华民族尚武精神的最好概括。

　　尚武之风由来已久。春秋战国时期，我国中原一带就有"悬弧"的风俗，每当有男孩降生，都要在家门口挂一张弓，希望这个男孩成为勇武之士，报效祖国。唐朝时，民间开始修筑武庙，以祭拜军事家姜子牙。到了宋代，武庙里供奉了包括姜子牙在内的60多位军事家或名将的画像，以推崇武功武德，振奋民族精神。

　　战争年代，军人的成功在战场，军人的价值在战场；和平时期，军人的舞台就在训练场，军人的价值在比武场。素质是练出来的，训练是提高军人战争素质的唯一方式,"平时多流汗,战时少流血","冬练三九,夏练三伏",百炼成钢,苦练出精兵。为了国家的安全与稳定,为了履行好我们神圣的使命,更是为了自己的身家性命,同志们,刻苦训练吧!

包水饺

再好不如嫂子,好吃不如饺子。在山东省省会济南,我见过这样的广告词,在我们老家也流行过这样一句话。

在部队,有节假日吃水饺的习惯。通信员一个班挨一个班地通知:"每班出两名公差到炊事班,一个端馅,一个端面。"班长指定人之后,兵立即放下手中正在玩的扑克、象棋,自行排成一路向炊事班走去。

端馅、面的兵走后,一场包水饺的战斗就打响了。班长做着战前动员:"这次吃水饺,我们班一定要保证第一个下到锅里,第一个吃到肚里,还要保证支援一下上次帮助我们的炊事班。为此,我命令张兵一人揉面,王兵等三人压皮,李兵等四人包,于兵等到伙房拿笼屉。"兵们按班长的吩咐一一找工具去了。王兵等除了拿到了炊事班发的擀面杖之外,还到军人服务社借来了两个啤酒瓶子;于兵扛来笼屉,还准备了几张报纸。

端馅、面的兵来了之后,兵按各自的分工劳动着,快乐着。"硬面条软饺子",是说做面条的面硬了,面条好吃;包水饺的面软了,饺子好吃。张兵把平时训练打擒敌拳的劲都用上了,近十斤的面团子在他手下变着花儿分解、黏合、黏合、分解。面团子如18岁少女的肌肤般柔软和富有弹性了,张兵内心充满着快乐。班长看了看面揉得差不多了,白里有些透明了,说了句:"好了!"张兵把揉好的面分成斤余的面段,他的任务就算基本完成了。王兵拿出张兵揉好的面段，拽成擀面杖粗细的长条，在面板上推拉几下，然后用刀切成1厘米左右一段。王兵等三人切好面段，按在手心就着面板用力一按，提着一边由外往内用擀面杖或啤酒瓶擀几下，一张皮子就出来了。李兵等拿着王兵擀好的皮子，施展着在家或在部队学来的包水饺的绝技。有的把馅放进皮之后，先捏中间，然后从右边一一捏合；有的从两边捏，然后在中间用力一挤；有的边捏边拧，花在水饺沿开放。于兵把李兵们包好的水饺按生产的先后顺序一一放进笼屉，如队列中站立的士兵。最后一道工序是班长的了，就是煮水饺。班长是第五年的士官，不仅揉面、压皮和包饺子样样精通，煮饺子更是他的拿手好戏。他令兵们把饺子抬到伙房后，把饺子一一放在煮沸的水中，用炒菜的铲子从锅底往上袭，饺子立刻争先恐后地往上涌，白白的水沫随着饺子挤压着。突然，锅的中央部位翻起了浪花，接着饺子和白色的水沫就往上涌。班长舀起一瓢水往里一浇，锅里的水沫和饺子立即被打下去。就这样，三次之后，饺子也就熟了。自己劳动得来的成果是最甜美的。兵们包的饺子，一般皮厚压不严，易破肚。虽然不及家中父母包的好，但他们毕竟向着自力更生迈出了坚实的一步。相信大家会终生难忘第一次在部队包水饺的感觉！

　　部队虽不常吃饺子，但新兵来时和老兵退伍走时却无一例外要吃一次，这也是我们民族的传统习惯，来时饺子走时面，来客人包上一顿可口的饺子会使人感到由衷的温馨。记得我当新兵时吃的第一顿饺子就很有意义。新兵小王是个孤儿，从小父母双双离世，在党和政府的关心下才得以健康成长。长大后，小王应征入伍，报到后不久就迎来了他的生日，为此连里特地包了饺子，还为他买了生日蛋糕。在我们的祝愿声中，小王眼含着热泪吹灭了18根生日蜡烛，那顿饺子大家也吃得格外香甜。如果说当新兵时吃饺子意味着军人美好生活的开始的话，那么为老兵送行吃饺子则代表了军营生活的圆满结束，而且从我的亲身体验来看，这最后一顿饺子更是别有一番滋味，更能体现军人的风格。每年11月份左右，在部队服完现役的老兵们按惯例就要复员返乡了。这些老兵有的在部队服役两年，有的则时间更长，对部队有着很深的感情，临行前部队总是要想方设法为他们准备一顿送行宴，其中饺子是必不可少的。与平时所不同的是包饺子时不能让老兵们知道，否则他们会立刻放下个人手中的事情，重新加入集体中，忙里忙外大显身手，为部队做最后一次贡献。老兵们的手艺也真让人们叹服，只见他们利落地操起家什，不一会儿饺子就像洁白的鸽子一样飞落下来，整齐地在桌上排成一行又一行。

在以后的日子里，军营里的兵们依旧一茬换着一茬，铁打的营盘流水的兵，然而军人们关于饺子的话题却始终没有变，在一代又一代的军人中传颂着。

五公里越野

　　五公里越野，是体能训练课目，有轻装和全副武装之分。一般情况下，轻装就是左臂扎白毛巾，穿作训服，带手中武器和一定数量的子弹；全副武装除了轻装该携带的物品外，还要带水壶、挎包、雨衣和被褥大衣等。

　　五公里是距离，越野是形式。现在，在大部分单位，"形式"往往变了味，说是越野，却都成了在宽敞平坦的马路上跑，而时间呢，却依然按在野地的时间算。

　　五公里越野，是基层官兵最喜欢和最怕的训练课目。说喜欢，是跑得快或者练出来之后的战友喜欢，每周三、五的下午四点之后，大家像"绿龙"一样在马路上飞翔，既练了体力，又饱了眼福，看着那漂亮的长裙在眼前飘过，幸福无比。说怕，是跑得慢或者初入军营的同志，一周两个五公里着实有些吃不消，细细的小腿变粗了，一时间口干胸闷，两条腿像灌了铅一样沉，步子越来越小，汗水往往夹着泪水往下流……

　　"挺过去，就是胜利。"这是我跑五公里越野的唯一感受。武装越野是一项负荷重、强度高的军事体育运动，它要求每名战士都要携带冲锋枪、手榴弹、水壶等重达20斤的装备。这一训练一方面是为了增强人的身体素质，更重要的是以此来磨炼军人的意志，从而使人能够更好地满足实战的需要。我清楚地记得我第一次跑五公里越野时的情景。一声哨响，战友们"呼啦"一下向前冲去。枪械的碰撞声、脚步的啪嗒声不断撞击着耳膜,渐渐地,恢复了平静。我死死"咬"住前几名,不停地告诫自己,"不要紧张","三步一呼,三步一吸"。也许是跑太快的缘故,出发仅1000米,直感到两膝晃晃悠悠,腿部发软,小腹隐隐作痛,呼吸变得急促起来,禁不住张大了嘴,喘着粗气。悬在腰际的手榴弹、水壶有节奏地拍打着腿部,我愈感手中的枪是那么的沉重。如果可以的话我真想把枪扔掉,实在有点受不了,哪怕是一张多余的纸都感到无力携带。放弃的念头迅速占据了我的心,脚步明显慢了下来。突然,我被人猛地一推:"坚持住,挺过去,就是胜利!"一个声音在耳边炸响,我不由得一激灵,忍不住回头看去,只见指导员紧握右拳向我坚定地扬了扬。我狠狠地点了点头,并迅速在指导员的指导下调整呼吸,加大加快摆臂。我已完全失去了理性的思维,大脑一片空白,唯有一个信念:挺过去,就是胜利。摸着浸透汗水的迷彩服,回头看了眼那条崎岖的道路,我感慨万分,生活其实就是这样,成功与失败往往就在于那一瞬间的坚持,挺过去,就是胜利。这是我个人的感受。

其实,五公里越野也是一种比赛,在中队就是班与班的比赛。随着一声"预备——跑"的号令,这个班与那个班就开始了五公里越野的比赛。开始时,跑得快的断后跑,跑得慢的领着跑;结束时,跑得快的拖着跑,跑得慢的徒手跑,集体主义精神在这里得到了充分体现,每一个人都为这个集体贡献着自己全部的力量。五公里的路程,一般情况下,兵们都有一个疲劳期,体力好的疲劳期来得晚,体力差的疲劳期来得早。疲劳期一来,就口干舌燥,两腿发软,五脏六腑有往上涌的感觉,大脑一片空白,真想倒下来算了,但一想想集体荣誉,便都能够坚持下来。

我在一所武警学校上学的时候,发生了至今令我不可思议的事。学校老师每次都讲,五公里越野,大家一定要认真对待,考试不及格,就毕不了业。学员们细之又细地准备着,不分昼夜地苦练,我新婚不久的妻子也骑着自行车陪我练。正式考试那天,战友和一直关心我的老乡,不只是用期待的目光关注我,更是用实际行动在操场的一侧为我鼓劲。成绩出来了,却让我傻了眼:成绩在25分钟以内的没有及格，而在 30 分钟之外的却成了优秀成绩。这个学校已经不在了，这个作弊的老师已经转业了，但这件事却在我们学员的心中成了永远的"痛"！

　　五公里越野，留给每个军人的记忆都是不一样的。我想，无论是刻骨铭心的，还是轻描淡写的，都应该是积极向上的。灰色的，尽量不要存在，如果存在，不只是一个人的悲哀，更是这个单位或这支队伍的悲哀。

喜　报

　　喜报，其实就是报喜。被评为"优秀士兵"或受到了三等功以上奖励，按规定都要向家里寄发喜报。喜报是荣誉的象征，是一种荣耀，让人敬仰，让人羡慕，让人高兴，高兴极了，有时还有点范进中举的感觉。

　　一位家长从陕西老家步行上千里来部队探望儿子。我问他是什么力量支撑他这么做？他说，一看家里墙上贴着儿子立功的喜报，心里就充满了快乐，就充满了幸福，就充满了力量，生活再苦再累也能忍受！

　　到大队任政治教导员后的一天，我正在整理旧物，突然看到一张未发出的喜报，顿时心中充满了不安。某人姓郭，40多岁，山西夏县人。那年，我在支队组织股任股长，这位妇女不知从哪里打听到我曾在山西夏县的武警专科学校上过学，就径直地找到我说："许股长，咱们是半个老乡。我是一个不久于人世的人，已身患五种癌症，什么鼻咽癌、子宫癌等等，丈夫见我这种情况就和我离了婚。"她有一个请求，就是临终之前，一定要看到部队发给她儿子的一张喜报。听她这么一说，看到她憔悴的样子，我觉得她可怜。我答应她一定鼓励她儿子好好工作，万一年底评不上，想方设法也一定给她儿子弄个"优秀士兵"，寄给她一张"喜报"。这名妇女用期待的目光看了又看，然后千恩万谢后走了。

　　但是，她这儿子也太不争气了，年底民主评议时，只得了一票，还是自己投的。我给她儿子所在中队的主官求情时,这名中队主官说,照顾了他就等于得罪了大家!于是,我就想偷偷地给她家里寄个"喜报",但又怕违反原则,一直没有给她寄过去。三年已经过去了,不知她还在不在人世。她这不争气的儿子,在家过得可好?

  喜报,是父母、亲人和朋友那幸福的微笑,战友们,努力吧!希望属于你,快乐也同样属于你。

士 气

　　一次，中队组织联欢会，中队长给战士们出了这样一个谜语：听着如雷声震耳，看着令敌人胆战心慌，闻着无色无味，却每时每刻在每个官兵身上体现。打一军事术语。大家你一言我一语，猜了半天，终于说出了是"士气"。

　　士气是精神状态，更是一种敢打必胜的特质。部队有了士气，官兵们再苦再累也心甘，再难打的仗也敢打。1884年，法国侵略军进犯云南、广西，占领镇南关后气焰十分嚣张，指挥官尼格里在镇南关竖牌写道："广西的门户已经不存在了！"此时的广西提督冯子材，责令他的两个儿子打了一口棺材。然后，动员将士们说："如果我战死，把我装进棺材，抬着我继续追敌！"随后，在与法军的作战中，冯子材将大红棺材放在前沿阵地压阵，扬军威。年已七旬的冯子材，随着棺材的移动，奋力拼杀。官兵们群情激昂，誓死拼杀，眼都杀红了。法军心生恐惧，落荒而逃，尼格里也受了重伤！这就是著名的镇南关大捷。

　　士气是什么，是刺向敌人心脏的一把尖刀，是一种不寒而栗的威严，更是对敌人的一种震慑。三国时，匈奴一直对中原有敌意。一次，曹操准备接见匈奴的使节，这次会面是曹操第一次与匈奴打交道。曹操想在匈奴人面前显示一下自己的威严，但他生来个子矮，长得又很粗，就担心自己的形象不足以达到震慑目的。于是，他就让自己麾下高大英武的谋士崔琰，穿上自己的衣服，替自己接待匈奴使节，而自己则握刀站在一旁充当侍卫。会面结束以后，曹操私下找人询问匈奴使节对自己的印象，使节却说："曹公高大英武，无与伦比。但旁边那个握刀的人才是真英雄！"

士气来自哪里？是鼓出来的，是练出来的，更是发自内心的仇恨与愤怒。需要干部一言一行地带，需要思想骨干一丝一扣地讲，需要干部党员关键时刻往前站，更需要部属一刻也不停地刻苦磨炼，时时刻刻严格要求和永远向上。

关　爱

　　部队是个和谐的大家庭，关爱无时不在，无时不有。但关爱得不是时候，或许就成了伤害。

　　某兵小王，是个公认的"优秀士兵"。前一段时间，家里发生了一些烦心事。父母因家庭纠纷导致感情破裂离了婚，没有经济来源的母亲整日以泪洗面。接着，他谈了五年恋爱的女友打来了分手电话。为此，小王愁眉苦脸，工作训练打不起精神来。指导员李二虎发现之后，找小王谈了心。小王开始没有说，在指导员的耐心开导下，几经反复，小王如实汇报了家里发生的一切。指导员了解到小王的家庭情况后，考虑到小王的母亲生活困难，就号召全中队人员为小王的母亲捐款。捐款前，指导员向中队官兵介绍了小王家里的情况。谁知，小王当众和指导员吵了起来，并骂指导员是"不够朋友的小人"。

　　我在济南指挥学校上学时，也发生过类似的一件事。我父亲英年早逝，母亲很不容易地把我拉扯大。战友杨军和我私人感情很好，是正儿八经的"铁哥们"。杨军了解到我的不幸之后，向区队领导作了汇报。区队长听说后，作为重大"新闻线索"，向大队领导作了汇报。于是，大队领导号召本大队学员向我捐款……我了解真相之后，气愤急了，甚至有了向杨军动拳头的想法，一直到毕业就没有搭理过杨军。后来，我专门为此写过一首歌词："我的隐私，不需要你的告白／我真实的困惑，需要你的理解／一路孤独地走来，我已经学会了忍耐／这样的同情与怜悯，是对我不埋解／这样的友爱，是对我最大的伤害……"

　　实践证明，带兵光有"我为你好"的动机不行，还要掌握科学的方法，注意保护他们的隐私，尊重他们的人格，把事情想得更周到些，做得更周全些。千万不能好心办坏事，想着关爱战士，却做了伤害战士的事。

欣　赏

这是一个排长讲给我的故事。

战友小张出生在一个单亲家庭，三岁就没了父亲，要强的母亲含辛茹苦地把他拉扯大。新兵下连后，小张下到了老连队。带新兵的班长刘二伟向排长汇报说，小张性格孤僻内向，很少对人说话，心理测试时不良指数偏高，被确定为"个别人"。为加强对小张的管理，了解其真实情况，排长把铺搬到了小张所在的班。接触一段时间之后，他发现小张人老实，肯吃苦，很少计较个人得失。在一次谈心之后，排长如数家珍地把小张的长处说出来，小张先是用惊异的眼光突然地看了排长一眼，然后低下了头，脸都涨红了："我一定好好干！"

为使小张心灵充满"阳光"，体会到部队大家庭的温暖，排长开始处处关心他。他病了，亲自带他到卫生队治疗，建议中队给做了病号饭——羊杂汤；训练跟不上，把一个动作分解成几步不厌其烦地教他，不失时机地表扬他。为使他的性格"内"转"外"，排长一有机会就让他发言，让他在全排武警大会上读上级的文件。

"七一"前夕，支队组织演讲比赛，排长向中队力荐他代表中队上台演讲。新兵连里那位班长，又找到排长："这可是参加支队的比赛，搞砸了，影响的是中队的声誉！"排长没有听班长的建议。于是，班长又去找中队长，中队长听了班长的汇报后，有些犹豫，找到排长后，看到排长那坚定的神情便默许了。排长刚从中队长宿舍回来，小张就跟了过来，情绪激动的他，一字一句地说："排长，请你相信我。我一定不会给你丢脸的!"随后,小张主动介绍了自己的情况:自己上学时,很喜欢演讲,并在学区组织的比赛中多次获奖。接着,他当场为排长演讲了一篇文章。排长对我说:"我当时真有点不敢相信自己的耳朵,那摄人心魄的声音,抑扬顿挫、纯正的普通话,竟出自小张之口!"

演讲如期进行,礼堂里座无虚席,支队七大常委无一例外地坐在了战士中间,两家地方电视台还派来了记者。小张精神抖擞地走到台上,一个标准的军礼之后,迎来了一阵热烈的掌声,演讲开始了。小张以题为《我用什么来回报你,尊敬的兄长》的演讲,感动了所有的观众,感动了电视台的记者。事后,小张不仅获得了本次比赛的一等奖,荣立了个人三等功,复员后还被一家电视台聘为节目主持人。

"好孩子是夸出来的","学会欣赏孩子",作为一个孩子的父亲,我常把这两句话记在心间。作为带兵人,也应把这两句话铭刻在心。对兵的欣赏,就是对兵的信任,更是对兵的鼓励。你欣赏兵,兵就会以加倍的努力来回报你!

压铺板

一个星期前，我的博客突然接到一名叫"军旅真情"的博友的留言。留言是这样写的："指导员，您还记得在武警聊城警通中队，常常找理由压铺板的那个老兵吗？我是于爱国，现在青岛的一家宾馆做客房经理，我和爱人、孩子期待着您到青岛来玩。"

于爱国？我的大脑迅速地搜索，哦，想起来了，就是那个高高的、瘦瘦的山东青岛籍的战士。压铺板，也叫压床板，说白一点，就是到了起床的时间不起床。在部队，压铺板的事不多，一发生，往往有不便说出的秘密。于爱国就是一例。

1998年春天，我到武警山东聊城支队警通中队任中队政治指导员。一到中队，我就听说中队有一个长期病号，叫于爱国，经常以身体不舒服为由压铺板。训练场上生龙活虎的他，怎么一到早晨就常常说自己身体有病呢？我找他谈心，问他哪里不舒服，他没有告诉我。从此以后，我就多了一个心眼，凡是他再压铺板的时候，就不动声色地观察他。于爱国压铺板不同于一般的压铺板，他压得时间长，一般是从早晨一直压到当天上午的10点半左右。他铺板压得比较怪，压铺板的时候，常常用被子把褥子盖得严严的，从来不翻身，屁股下边那一块一直没有露出来过。更重要的是，他起床前，往往抬头看看宿舍里有没有人，若绝对没有人后才起床。他麻利地穿上衣服后，就迅速地跑到窗户前，向外瞧瞧，见有人来，就和衣躺下，装作睡着了。见没有人来，就急速地把褥子翻过来，铺上床单，最后再把被子的反正面颠倒过来，整整齐齐地叠好。

一天早晨，他又说肚子痛，让班长找我请假，说不能出操了。我说："好吧，今天早晨中队组织五公里越野，除了于爱国，全中队所有人员都要出操，包括值日的。"

中队长带队出操后，我悄悄地溜达过来，进了于爱国班的宿舍。

我问他哪里不舒服。

他说肚子不舒服。

我说："我给你揉揉吧。"

他说："不用。"

我趁机把手伸过去，往被窝里一摸，发现褥子是温湿的，便明白了几分。

于爱国的脸羞得通红。

我没有理会他，若无其事地回到了自己的宿舍。回到宿舍后，我把昨天剩的半壶开水，倒进碗口粗的大茶缸子里，然后，又抓了一大把茉莉花茶放进茶缸。

半个小时后，出去跑五公里越野的战士，唱着军歌归队了。我听到战士们回来的声音，端起盛着满满茶水的大茶缸子，就往于爱国的宿舍跑。

大茶杯子里的茶水一颠簸，黑红黑红的，泛着一层层的泡沫，像涌向沙滩的海浪。茶叶在水中，宛如流动的鱼，茶味浓烈，散发着阵阵的茉莉花香。

到了于爱国的宿舍，我一手端着茶水，一边故意大声说，让他坐起来服药，一边用另一只手用力拉他。在他快要坐起来的瞬间，我顺势把一大茶缸子茶水，倒在了他屁股下面的被窝里。

看到这种情况，他同宿舍的战友哈哈地笑起来。我连忙向于爱国道歉，说："真对不起，本想让你喝点茶水提提神，没想到倒进你被窝里了，让被褥替你喝了。赶紧起床，趁早晒晒！"

于爱国乖乖地爬起来，穿上衣服，抱起被褥去了晒衣场。我从于爱国的眼神和嘴角处，看到了他对我的敬意和感激。

一晃14年过去，我从警通中队调到了支队司令部，又从支队司令部调到了总队司令部,再后来,调到了武警总部司令部,现在转业到地方已经六年了,于爱国也从一名战士复员后就业,当上部门经理,娶了媳妇,当上了爸爸。

昨天,我收到了一大包青岛刺参和一封热情洋溢的信。信中有这样一段话,"谢谢您,指导员。您的那一杯茶水,让我感恩一辈子,更让我学会了理解人、尊重人和爱护人。我现在家庭幸福,部属对我特别拥戴,可能很快要升为副总了。再次期望着您来青岛游玩。"

处 分

处分是什么？是依据条令对违纪的处理。打个比方，它就像外科医生的手术刀，把腐烂的肉挖去，敷上药让它长出新肉。对违纪且有上进心的同志来说，受处分忍受的是暂时的"皮肉"之苦，得到的是长久的健康和心灵的安慰。而对违纪且没有上进心的同志来说，这无异于解剖尸体，没有痛苦，更没有健康和幸福。

处分，是与奖励相对的内容，按《纪律条令》规定，对士兵的处分项目分为警告、严重警告、记过、记大过、降职或者降衔、除名、开除军籍等。人对处分无所谓了，处分也就失去了其目的和意义，也就没有了价值。但一般情况下，兵们都是有上进心和耻辱感的。惩前毖后、治病救人的目的是能达到的。这个"人"，既是违纪者本人，又是违纪者周围的人。所以，条令规定的目的在于严明纪律，教育违纪者和部队。

关于处分者，我见过一个老兵，面对处分，他摆出一副死猪不怕开水烫的样子，时不时地放出这样的话来："一个处分提着，两个处分挑着，三个处分背着！"但是真要把处分填到档案里，他也就真的傻了眼。我也曾见过一个河南籍的兵放出这样的话来，而中队长将计就计："你敢犯错误不怕挨处分，我就敢把处分塞进档案里。"结果，当兵两年，这个兵的档案里装了整整11个处分！复员后安排工作时，到哪个单位，哪个单位不要。

在中队有"浮动"处分的现象，就是处分宣布以后，暂时不将卡片装入档案，视情况发展而定。表现好了，处分就不放档案，表现差了就放入档案。这样做是有害处的。其一，它破坏了纪律的严肃性，或者把纪律当成了儿戏；其二，这样做对战士的成长是不利的。"狼来了"的故事想必大家听了许多遍了，这样做，与"狼来了"的故事又有什么区别呢？

梦里挑灯看剑

到基层任政治教导员已经一年半了，回想起这一年多来的风风雨雨，心里有说不出的感受，有欢愉，有忧愁，有感叹。这一年多是对自己八年机关工作的调整，也是对自己八年机关工作的补充，更是一种角色的转换过程。反思近两年来的工作和生活，有越干越多的工作，有越说越多的事情，有聊也聊不尽的兵情。"老百姓是咱的亲爹娘"，这是电视剧里的一句台词。兵是部队行政干部的主要工作对象，没有兵，还要我们这些"官"们干什么？兵的快乐就是我们的快乐，兵的忧愁就是我们的忧愁，兵的幸福就是我们的满足。从到基层报到的那天起，我就融入了兵中。习惯成自然，日久生乐趣。在兵中生活久了，不仅仅是对兵的感情浓了，围绕兵想的事情多了，对兵的认识升华了，更想为他们歌，为他们唱，为他们写一部关于他们的书。书的名称，取自《孙子兵法》的第一句话"兵者，国之大事也"中的第一个字"兵"和倒数第二个字"事"。《兵事》如何写？我想到了《中国人民解放军内务条令》和《中国人民解放军纪律条令》的内容，想到了连队的一日生活制度，想到了兵甲、兵乙以及围绕他们发生的是是非非，想到了自己当兵以来这十几年的心理历程。

我当兵的地方是铁道游击队的故乡，鲁南的一座中小城市。我们在这城市的东南隅一所监狱里，看押着近2000个犯人。我们中队有近百人，分为三个排九个班，外加炊事班和队部。我作为兵中的一分子，有刚刚穿上军装的新奇，有初次长时间离家的思念，有青春碰撞后的快感。我实实在在在地感到：在军营里当兵了！是现实又非现实，是梦又非梦。环境和身份的变化，迫使自己不得不细之又细地观察自己和自己周围的一切。兵兵生活在一起，有无穷的乐趣，仿佛又回到了快乐的童年；兵兵生活在一起，有南腔北调交流起来的尴尬，往往这边唾沫都甩干了，那边还不明白是怎么回事，只好极不自然地操着带乡音的普通话再讲一遍；兵兵生活在一起，穿的是军装，吃的是军粮，说的是军语，操弄的是枪炮，想的是训练。一方水土养一方人。张三家是湖北的，他的脑子总比别人转得快，爱讲九头鸟的故事，也爱吃辣椒；李四是山东的，说话总是带"煎饼卷大葱"的味，性格也如大葱的葱白一样晶莹中透着直白；王五是河南的，总是拿着《河南人，惹谁了》这本书来辩论："我们凭什么是吉普赛人，不就是人多地少穷了点吗？"……东西南北中，说着南腔北调的兵，给了我太多的想象和收获。

　　从组织股长的位置提升到大队教导员后，我总感到少了什么，没有了黑发熬成白首的忙碌了，没有机关内部的钩心斗角了，没有围绕首长意图的苦思冥想了，有的是自觉与自我反思，有的是管理别人而自己很少被人管，遗憾的是越来越少地与我痴爱的文字打交道了。按说，作为政治教导员，接触最多的是干部，然而，兵们却自觉不自觉地走进了我的心中。可能是自己上任不久，原大队长就到武警天津指挥学院进修去了，作为军政主官的我天天生活在兵中，也可能是由于自己出身于兵的缘故，自己是从一名普通兵一步步走到今天这个位置的。几个月下来，我对兵产生了难以割舍的情感，兵成了我心中永恒的雕像，成了我读不尽的"百科全书"：兵的名字是书的名字，兵的仪表是书的封面，兵的出生年月是书的出版时间，兵的籍贯是出版社，兵的年龄是书的页码，兵的多少是书的门类，兵的阅历、素养、爱好和特长是书的大章小节，兵的喜怒哀乐是书的抑扬顿挫……

　　作为一个有着18年兵史的老兵，与兵们结下的情缘越来越深、越来越浓。白天看的是兵，夜晚想的是兵，梦里梦的是兵。兵、兵、兵，已融进了我的血脉，是我永远的精神追求。我有强烈的愿望要写部关于兵们的书，起源于2004年在高岭镇放马峪驻训时。新的大队长到任了，抓工作很细，也很认真，一下子把我从繁杂的管理中解放了出来，让我有了许多空闲时间，经过简短的调整和沉淀之后，曾有的激情也就喷发出来，让我有了一种酣畅淋漓的感觉，更让我有了一种欲望，一种创作的欲望。让我拿起心爱的笔，创作我的散文，特别是兵情散文，写我的最爱，让我的最爱在心灵的深处绽放美丽的花朵吧！

作家巴金说："战士是不知道畏缩的。他的脚步很坚定。他确定目标，便一直向前走去。他不怕被绊脚石绊倒，没有一种障碍能使他改变心思。"我自认为自己是一名战士，无论什么时候，都坚决履行着战士的职责，就是将来死了，也一定要保持战斗者的姿态，永远向前、向前。当列兵的时候，我把每一次的五公里越野作为超越自我的一次解脱；当上等兵时，我把如何带好兵当作事业来干，当日子过；坐机关写材料时，也是"受命之日，则忘其家；临阵之时，则忘其亲；临鼓之时，则忘其身"，像把头发剃光时刻准备就义的战士一样，以"忘其家，忘其亲，忘其身"的最高境界，写出了军人的热血和奉献精神，写出了单位的蓬勃朝气、浩然正气和昂扬锐气，写出了本人的无私与无畏。决定了任政治教导员期间，一定要写一本关于兵的书后，我义无反顾地投入其中，工作之余，一有了空闲，就静坐在内存只有4个G的电脑前，开始我的写作。作为一名战士，我学会了打战术，在勇猛顽强、冲锋陷阵的同时，还要保证自己的身体健康，于是，我在业余时间苦练了一把身体，现在身体强壮得不能说如牛，起码是没有神经衰弱这个毛病了。我也深深地知道，现在努力地工作，就是为了将来更好地工作。如果现在身体透支甚至倒下，就永远没有机会工作了，更谈不上在更广阔的天地，更大的舞台工作了。

这些短文，是我感情的宣泄，是我灵魂的寄托，是我灵与肉的统一，更是我在基层这一年半掏心窝的感触和工作的"珠玑"记录，每一篇都像用针扎过我的神经细胞。一年半啊，一年半，人生有几个一年半？这一篇篇渗着我心血的文字，是我青春的飞扬，是我情感的释放，同时又是死掉的时间，是我一年半时间的灵魂，有些更是我刻骨铭心的记忆。

"字字看来皆是血，十年辛苦不寻常。"这是曹雪芹《题〈红楼梦〉》中的话。自己才疏学浅，自然不敢与曹公相提并论，《兵事》更不敢与《红楼梦》并论。按自己原来的计划，在基层任职两年，一年努力用业余时间写作《兵事》，等正营满两年到天津武警指挥学院进修时捧出这本书。但，2005年5月，对我所在的单位来说，发生了天上掉馍馍的好事，单位由正团职单位提为副师，自己也由大队教导员调整到支队组织科长的位置，写此书的时间和精力相对来说就紧张了，自己也就有了搁笔的想法。

写到这里，我突然想到了辛弃疾的《破阵子》："醉里挑灯看剑，梦回吹角连营。八百里分麾下炙，五十弦翻塞外声，沙场秋点兵。马作的卢飞快，弓如霹雳弦惊。了却君王天下事，赢得生前身后名。可怜白发生！"

痛苦的选择和选择的痛苦

离开部队,我是啼着血走的。转业到地方工作,别说别人想不到,就连我自己也没有想到。在部队的 19 年,我一直流着的是红红的血,充满了热心与热情,充满了青春与梦想,奉献与勤奋并存!2005 年年底,我拿着我的书稿《兵事》,到曾经对我印象极好的一位领导家中,请求他作个序。他没有答应我,也没有回绝我,竟说出了这样的话,"小许,你这么能写,还在部队待着干什么?"当时,我愣了,惊得张开了嘴,作为一个正军职干部怎么能劝我转业呢?是人家看得准、看得远还是自己看得准、看得远?在这个时候,我失去了自信力!从他家归来的路上,我想想首长的话,想想自己为单位拼死拼活、没日没夜、没有节假日和受屈的窘境,自己突然有了种要转业的想法。回到自己的家中,伴装很困很乏,倒床便睡。妻子推着我,问我怎么了,我说:"没有事,做了一个噩梦,被小人推下了水,差一点淹死!"2006 年 2 月,当去天津武警指挥学院参加中级培训和转业这两条路同时摆在我面前时,我选择了转业!

这是怎样的一种感觉啊!激情与悲伤同在,赞颂与牢骚同语。如同青春年少茁壮成长的少年,突然遭遇了飞来的横祸,并且这横祸是灭顶之灾;也如一辆急驰的轿车突然变速转向,不说那刺耳的刹车声,就说这急转弯的速度也一定会让车毁,让人亡。"急流勇退",这是我十分敬重的一位首长在我即将转业时说的一句话,也是近一年来在我耳边一直响亮着的一句话。是的,急流勇退。这样的打击或者说急转弯也太猛烈了些，以致接近半年的时间我都没有缓过劲来，在工作毫无头绪甚至走投无路绝望之时，我有了从五楼跳下去的想法，但我没有，我庆幸，我活过来了，并且活得很好，现在已经在地方一家单位愉快地上着班。但心情有时还是无法平静，梦中和生活中常常还是充满了部队的影子，梦醒时便充满了无限的惆怅和不安，人生也有惯性了啊！近20年来，自己一直兢兢业业地工作，时刻把部队的工作当自己的日子过。一个近40岁的人，把他所有的爱和热情献给了他最钟爱的事业，应该是最快乐的。这也正好应了"乐极生悲"这个古语，这个"悲"令我一悲到底，使我下决心彻底离开了那个光荣而神圣的集体！"爱情本是无情物"，自己付出得越多，有可能得到的伤心越多，也最能伤离别。

"铁打的营盘，流水的兵。"这是在部队流传很久的一句话。自己当教导员和指导员时，常用这句话说教别人，而今它也成了自我安慰的一句话。是的，部队对大多数官兵来说，迟早是要离开的。不说部队的编制结构从整体上看是金字塔形的，只有上半部分的人才有可能在部队离退休，只说部队是为打仗而存在的，战争打起来不可能让那些腿脚不灵便的老头子去冲锋陷阵，"有心杀敌，无力回天"，"心有余力已不足矣"，因此，部队注定是年轻人的事业，永远年轻，永远18岁！在我的转业申请里，我写过这样的一句话："对一个军人来说，如果他的能力素质不适应部队建设的需要，那么他对部队所做的最大的贡献就是转业了！"就我来说，不能说能力素质不适应部队建设的需要，但至少在我们政治部，我是除了领导之外年龄较大的人了。年轻人有朝气，闯劲足，我转业可以为年轻人腾位置，正是为部队做贡献啊！从个人角度讲，在这个年龄和这个职务离开部队，年龄不大不小，成熟中有一丝激情；职务不高不低，有一定的领导经验又善于干一些具体事，比如说写作，等等。这样一想，我又为转业高兴起来。

我是一个十分恋旧的人，衣服穿破了还想穿，鞋子经常带着补丁，从来没有和我结发妻子离婚的想法，对部队，在这之前从来没有要离开的想法，一直想着从一而终。离开部队，就像割断了我的血脉，弄得我六神无主，寂寞的时候或者说想起部队的时候，我时常有从五楼跳下去的想法。这还是只在部队待了19年啊？如果在部队再待个十年八年，可能离开部队的那一瞬间就是我寿终正寝的时候！到那时，自己的肉体、灵魂和骨骼都化作了一缕青烟在半空中飘浮，眼看着战友或朋友们一个个行色匆匆地上下班，像我这样只想着工作的人心里多难受啊！"吾生有涯而知无涯"，我生有涯部队无涯，太阳每天都是新的，对我这样的小人物来说，部队离了我一样运转。无论自己如何，部队依然存在，依然每天都有许许多多的人入伍、复员和转业。现在选择离开，心态更容易调整，工作更容易适应。应该说，选择了转业就是选择了新生，就是选择了长寿，也是选择了快乐！所以，我十分感谢劝我选择转业的人，包括我的领导、同事和战友。

  目前，我已经有了一份比较稳定的工作，这份工作是我曾经奢望的。我会为之努力和奋斗，以报答认识我和我认识的人。

第三辑 叶之风：
白发站立成岁月的桅杆

秋天与公安文联的成立
生为社区民警，活在社区群众心间
琐碎凝聚力量，平凡铸就忠诚
读蔡诗华兄和他的诗
……

秋天与公安文联的成立

秋天，收获的季节。农人收获了庄稼，全局文学艺术的爱好者们，则收获了自己的家——公安文联成立了。家是温馨的感觉，是幸福的摇篮，是憩息的港湾。我们公安文联与秋天有缘，在秋天中站立，在秋天中招手，在秋天中微笑。

罗丹的《思想者》、凡·高的《拾穗者》都是从秋天庄稼的状态中获得灵感而问世的。我想，我们这些文学艺术爱好者们也会借助公安文联的成立，从秋天获得灵感，在秋天中得到收获，一定会创作出无愧于首都、无愧于时代、无愧于首都警察精神的伟大文学艺术作品。

谷穗向下，向日葵向下，硕果累累的树向下，是对土地的注视，是对农人的感恩，是对汗珠的敬重。北京市公安文联产生于北京这块神圣的土地，诞生于首都公安这支光荣的队伍。我们这些公安文联的会员们，也一定会注视北京这块神圣的土地，一定会感恩人民警察这光荣的职业，一定会敬重北京公安为平安北京、和谐奥运所付出的辛勤劳动。

警察文学是刚性的文学，警察故事是理性的故事，有自己独特的风骨。但我们对自己的土地必须弯下自己的双膝，正如谷子、向日葵向下低头一样。一位诗人说过这样一句话："每当写到母亲的时候，我的笔都是跪着行走！"把自己写作的姿态放低些，再放低些，把我们队伍中的真善美发掘些，再发掘些，才有我们警察文学的崛起，才有我们北京公安文联的辉煌，才能使我们警察队伍绽放出更加绚丽的色彩。

土地是五彩的，汗水是不会白流的，就看你肯不肯把种子播下。就从秋天获得启迪吧，在向下的姿态中，获得高粱或玉米或谷子或其他美丽的色彩！

生为社区民警,活在社区群众心间

——观左利军事迹有感

一

死亡是活着的倒影。

公元2010年3月20日,社区民警左利军永远地离开了我们。

然而,他却如阳春最灿烂的那一朵花,瞬间地开放了。

开了,开了,开在西钓鱼台社区群众的心间。

那花开得那么优美,那么绚烂,那么顶天立地,仿佛清晨拉开的夜幕。

夜幕背后,是他为警的一幕幕大剧,这剧宛如清晨初升的太阳。

生为社区民警,活在社区群众心间。

他活在大妈唠叨的嘴里,他活在大爷深深的一躬里,他活在同事战友的回忆里,他活在妻子如梦如幻的感情里,他活在儿子跪地"砰砰"的磕头声中!

二

果是花的憧憬，花是果的回忆。

社区群众自发地为他搭起灵棚，为他守灵。原因很简单，不知以前有多少个北风怒号的寒夜，他曾为群众守夜。

社区群众端起碗，看到他在"咚咚"地喝着自来水。

社区群众发生纠纷，看到他嘴角泛起的一层层白沫。

社区群众准备熄灯睡觉，看到他拖着疲惫的身躯正一步一步地走来。

一位大妈掩面哭泣："小左，你是死了还是活着？你活着，为什么这么多人在为你守灵？你死了，为什么我们夜夜看见你忙碌的身影？"

三

"有的人死了，他还活着；有的人活着，他已经死了。"臧老的这些话，告慰生者，亦告慰死者，照亮后来者前行的路。

公安姓公，人民警察姓人民，社区民警理所当然地姓社区。你把社区群众放在什么位置，社区群众自然就把你放在什么位置。

左利军走了，王利军还在，张利军还在，头顶上的国徽是我们前行的灯塔，嵌在锁骨上的领花是我们坚定的信念。

我们肩并肩、手挽手去告慰左利军和他的家人，去接受首都人民群众的检阅！

> 左利军，北京海淀公安分局甘家口派出所社区民警。1998年从消防局转业参加公安工作，12年中先后担任过治安民警、行业专管民警，并在三个社区做过社区民警，先后荣立个人三等功一次，个人嘉奖四次。令人敬佩的是，在左利军12年的从警生涯中，无论在哪个岗位，他得到的只有赞誉和认可。3月20日凌晨，年仅41岁的左利军猝死在派出所。

琐碎凝聚力量，平凡铸就忠诚

——评电影《社区民警故事》

看完电影《社区民警故事》，我首先想到的是这样一句话，"琐碎凝聚力量，平凡铸就忠诚"。这不是我作为一个上级业务指导部门民警的偏爱，而是实实在在的感受。

《社区民警故事》以北京市"十佳社区民警"李国平的故事为原型，沿着不同的线索交叉叙述开来，将20年来发生在李国平身上的事集中在一个时间段表现，有对解除劳教人员郭京京的关爱，有对轻度精神病患者、京剧艺人孙蝶衣的照顾，也有协助游手好闲不良青年大明出租房屋的事，更有把曹木旦从一个劣迹斑斑的收破烂的外地青年转化成首都优秀社区治安志愿者的救赎……正是这些看似不起眼、鸡毛蒜皮的小事，凝聚着人民群众的力量，铸造着人民警察的魂魄，延续着警爱民、民拥警的传统，传递着党和政府的温暖，夯实着党的执政根基！

社区的和谐、文明与进步直接关系着一个国家的病痛与健康。《社区民警故事》的主人公李国平自1989年从警以来，一直担任义达里社区民警，在平凡的工作岗位上创造了社区连续20年未发生刑事案件的突出成绩。社区警务工作是最基层、最基础的公安工作，社区民警是最贴近人民群众的警务工作者，是公安机关在群众中的"第一印象"。作为一种警务理论，社区警务战略以预防犯罪和密切警民关系为主旨，要求警察把工作重心放在社区，与社区居民建立和保持血肉关系，调动一切积极因素参与维护社会治安，使警务工作融入社区，依靠社会和公众的力量有效地预防、控制和打击犯罪，维护社会稳定。

一般公安题材的影视作品往往偏重于大案、要案等题材，这种题材有悬念，有激烈的情节，较容易表现，而《社区民警故事》站在社会和警务工作的最底层，选取了社会和社区民警最平凡的生活，记录了一位普通社区民警的所作所为，这对电影的制作方来说，无疑是自己给自己在艺术表现手法上设置了难度。电影的主人公李国平用极其温情的办法，做着爱民、助民、敬母等一个好警察、好儿子应该做的事，让我们看到了一位普通社区民警的优秀品质和优良传统，充满正气，走出正道，让观众感到了人世间的温暖、希望和幸福，对全局所有的民警来说，是一种启迪，是一种导向，还是一种探索。

我佩服电影制作方的功力，在不算长的篇幅里塑造了一个个生动饱满的人物形象，一个个活灵活现于荧屏之上。我想，这不仅仅是制作方功力的体现，也是制作方对人生的深刻领悟，更是制作方深入生活、努力体验的结果。据说，本片筹备时间长达三年之久，所有主创人员在开拍前都到故事发生地——义达里社区，体验过生活，并与社区居民们朝夕相处过一段时间。男主角李国平的扮演者王辉表示，拍完这部戏让自己真正体会到了普通民警的不容易，"他们从来都没有上下班之分，非常辛苦"。剧本中大部分的故事，都是发生在李国平身上的真实事件。

这是一部平民化的电影，写的就是警爱民、民拥警的小事。近年来，公安题材电影、电视剧已成一大热点，各式各样的警察形象闪现荧屏。有英勇机智、勤政为民的，也有堕落变节、自我毁灭的。这反映了社会现实生活的复杂性，无可指责。然而，如何运用艺术概括手法，把各种类型警察的个性鲜明地表现出来，特别是把与人民群众朝夕相处的社区民警的典型形象表现出来，满足观众对这类影视剧的需求，则是影视工作者一直思考的问题。《社区民警故事》正是在电影《今天我休息》之后，充分满足了观众的这种要求。《社区民警故事》

把社区民警李国平在义达里社区 20 年来发生的平凡、琐碎、温馨、有趣的小事向观众娓娓道来。这些工作、生活片段，将伟大寓于平常、崇高寓于平凡之中，闪耀着人性、仁爱的光辉，意趣盎然地展现了社区民警与群众零距离接触的精神状态，凸现了一种穿透时空的力量。电影记录的事情看似零散与琐碎，却不乏灵肉的碰撞、正与邪的搏杀，在精神层面和心理表现上有着力透纸背的挖掘。电影细腻，贴近生活，塑造了一位真实可信的北京胡同社区民警的形象，让观众知道了首都社区民警不为人知的另一面。客观地说，电影在吃、喝、拉、撒、睡中塑造了警魂，在婆婆妈妈的细节中凝聚了力量，展现了社区民警工作、生活中动人的一面，使观众进一步了解、理解了这个职业，不得不肃然起敬。

这部影片虽经千雕万琢，但不能说已经尽善尽美，比如说影片的张力不足，在人物的个性化语言上也存在有待商榷的地方等等。

读蔡诗华兄和他的诗

  诗华,就是诗人的精华,诗歌就是诗华兄的生命,蔡诗华兄的口吃都是诗。

——题记

  我觉得越来越对不住蔡诗华老兄了。称其为兄,一则他的年龄确实比我大,另则敬佩他为人的真诚和对诗的那份执着。近几年,他每出一本诗集,都要寄给我一本,用极潦草的字写上"请许震兄指正"之类的话。每次诗集到手之后,我都说:"有了感想,我一定向您汇报"。然而,一本诗集读不了一半,就被纷繁复杂的工作给掩埋了,一些想法像春天的小草刚露出点嫩芽,就被生活的磨难摧残掉。我不知如何面对蔡诗华兄和他一本本等待检阅的诗集,以至于这两年蔡诗华兄组织的诗会都不敢参加了,打电话联系少之又少,只是偶尔发发短信。

  我与诗华兄的接触,是我从山东省武警总队司令部办公室调到武警总部直属支队之后的事。那一年,我在大队当教导员,诗华兄来访,穿着极其简朴,理着光头,说着我听不太明白的湖北话。我带他到大队部的小灶吃饭,邀了个自感对文学有些兴趣的中队指导员陪同。席间,这位指导员一句话也不说,只是嗤嗤地笑。我问他笑什么,他不答,只是加快了吃饭的节奏,把莱汤倒进米饭里,像喝面条一样"哧溜哧溜"地喝起来。送走诗华兄,这位指导员神秘地问我:

"他是干什么的?"我说,是诗人。这位指导员用一种异样的眼光看着我:"教导员,不是吧?他说的话我怎么一句也没有听懂呢?"我笑了笑。其实我也没有听懂多少,看到他那真诚与热烈的样子,才不得不两眼盯着他,不住地点头称是。后来接触多了,知道诗华兄就是那种对谁都是一样真诚而热烈的人,对伟人毛泽东,对父母兄弟,对战友朋友,对所有与他接触过的人。1997年11月,著名诗人塞风曾对我说过,谁敢像丹柯一样把心捧给太阳,谁就是真正的诗人。诗华兄就是丹柯一样的人!他敢于理光了自己的头颅,面对赤热的太阳,就像他把自己的最爱捧给伟人毛泽东;他敢于理光了自己的头颅,就证明了他内心的坦荡与真诚,就像他说他自己曾经尿床、口吃,曾经为一个女人用8年时间写过2000多首诗一样;他敢于理光了自己的头颅,就是去掉那黑魆魆的青丝,去掉所有的羁绊,去追求心中的目标,比如伟人毛泽东,比如文艺女神缪斯,比如自己的良知与信仰……志在顶峰的人,是不会留恋半山腰的奇花异草的,我深信诗华兄是这样的一个人,并且永远是这样的一个人。他会向着自己的目标努力的,永远。

当今社会是个俗人社会,或者说是庸人社会,像诗华兄这样有着高尚追求与目标的人,注定是要孤独与寂寞的,也必然会让人看不懂或者听不明白。他青春年少时的梦中情人张芃听不懂,他曾经的妻子张晓丽听不懂,就连我这种对他人品敬爱有加的诗友也听不懂!然而,诗华兄确实是一个真正的诗人,一个纯粹的诗人,一个没有给诗附加任何东西的诗人。一本接着一本地出诗集,全是自费;每天都要写一首诗,可以不吃不拉,但不能不写诗;经常组织这样或那样的诗会,一有机会就用带着浓烈湖北口音的普通话,朗诵他的最新诗作,激情而澎湃,坦荡且真诚……正如著名作家王安忆在长篇小说《遍地枭雄》后记中写的一段话:"一桩东西存在不存在,似乎就取决于是不是能够坐下来,拿起笔,在空白的笔记本上写下一行一行字,第二天,第三天,再接上一日所写的,继续一行一行写下去,日以继日。要是有一点动摇和犹豫,一切将不复存在。现在,我终于坚持到底,使它从悬虚中显现,肯定,它存在了。"诗华兄就是这样一个诗人，坚持每天都写诗，一日写一首或数首。除工作时间外，他将全部的时间都投入到了诗的写作中，诗对他来说，就是他的命，就是他的生活，须臾不离，息息相依，日夜相随。据他说，一年的冬天，他要回湖北老家去看望父兄，蜷在三九天车站的角落里，披一袭部队发的棉大衣，静等一昼夜，感冒了，鼻涕过了河，连坐火车的时间都忘记了，唯一的收获就是红肿的手抖出的几首诗。听他那口气，像他成了初冬在海上打鱼的人，冷冰冰，佝偻着身子到海上劳作了一晚上，腰都直不起来了，脸被海风打得又红又肿，浑身哆嗦着去收网，手指僵硬了，打开了网一看，就捞到几只小鱼小虾一样！而他自己却得意洋洋，用袖子擦了擦过了河的鼻涕，露出了幸福的微笑。

诗华兄从认识我到现在，共寄给了我六本诗集。这六本诗集，我全摆在了我书柜的显著位置，成了一个六人的方队，白天喊着号子冲锋，夜晚瞪着眼睛拼搏。这是霓虹灯下的哨兵，这是南京路上好八连，这是挺身而出的邱少云，这是挥动手臂的董存瑞！让我谦虚，催我奋进，激励我像蔡诗华兄那样去战斗，勇敢地去面对生活和困惑。

统观蔡诗华兄的诗，皆为抒情，或者说他的诗基本上都是政治抒情诗。作为20世纪中国左翼文化思潮在诗歌实践中的直接成果，政治抒情诗的出现最早可以溯源到20年代瞿秋白的《赤潮曲》、蒋光慈的《血祭》，30年代殷夫的《我们》、田间的《给战斗者》，40年代何其芳的《毛泽东》等都是这一诗体的名篇。但是政治抒情诗作为一个概念的提出，则在50年代末60年代初。这是由政治抒情诗在50年代非同寻常的兴盛所导致的。1949年年底到1950年初，胡风创作了交响乐式的政治抒情长诗《时间开始了》，1950年石方禹发表《和平的最强音》，1954年有邵燕祥的《我爱我们的土地》，1955年郭小川写下以《致青年公民》为总题的组诗，1956年贺敬之发表《放声歌唱》等，这些都是轰动一时的政治抒情诗名篇，对当代诗歌产生了非常重大的影响。诗人是社会现实中的人，即使有很多纯属个人内心生活的感情波动，有时候也很难完全拒绝诸如政治经济、世态人情等外部事物的潜入和干扰。蔡诗华兄的诗处处充满了情，为情哭，为情笑，为情苦，为情恼，为情忧，为情怒，但绝少儿女情长的小爱，绝少个人的饱思淫欲，绝少东家长西家短的长舌，大多是家国天下，有着中国民族的传统美德，有着作为战士诗人的壮志未酬，有着屈大夫的忧国忧民，也有着朋友遍天下的洒脱豪迈。

诗华兄的诗，用明白如话的语言倾诉他对祖国对人民的热爱之情，爱得执着，爱得勇敢，爱得火辣辣。不装神弄鬼，不阳奉阴违，不趋炎附势，充满了内心的焦灼与不安，有着对大地的亲吻，对母亲的拥抱和对伟人的崇拜。诗集《中华龙毛泽东》的第一首诗《风在何处安家》是这样写的："风是否孤独心忧闷/风是否无根无家/风是否没痛没苦/我不是上帝能否与他对话……认识风不在春天/认识风缘于灾害与鲜花/我不想诅咒风的残暴/风被抛弃或曰忘记不得不恶习大发/风来自何处/风雅颂也没有注解它的祖籍/与风相处/似乎胜过圈养的千军万马"。《不敢承诺》："你我都敬佩心中的神/你劝我将润之化为一生图腾/鼓励我歌吟一世又一世/我不知我能否求索一生又一生/幸福人生是否相似/相似的理想是否一样温馨/斗转星移山河莫测/故国啊，可否不曾淡忘苦难屈辱沉沦/我是一个兵/我似是一个求索的日月星辰/我属于我自己/我属于大地人民母亲"。

诗华兄的诗具有强烈的爱国主义思想，有一种革命、乐观、昂扬向上的战斗豪情，将自己对时代对人民的理解，通过热烈情绪贯通起来，蕴涵着对历史与现实、遥远与亲近、艰苦与甜蜜的哲理思索，回答的是民生民权等重大问题。《谁对历史负责》中写道，"吃了孙子饭/花了孙子钱/挖子孙坟墓的人啊/谁审判谁掩埋"，"老的少的男的女的簇拥英雄纪念碑/带着阳光般虔诚/万分崇敬/军魂/国魂/民族魂/真的亲爱的战友兄弟请你安息/是岁月太近/还是你等太神圣/穿过心灵之雨呵/尚带着你们的余温/真情"，"为人民服务不算苦/人民是上帝更是你我亲爹娘/把人民举上头顶/人民自然把你来拥抱/褒奖"。在今年"八一"那一天，他用手机给我发来这样一首诗："南海东海炮声浓，谁不思念毛泽东？建军节里怀战友，和平崛起似彩虹。岁月有痕百姓泪，未来无垠天下公。厉兵秣马向敌项,纵然倒下亦英雄。"

蔡诗华兄喜欢理光头,自嘲为蔡光头,头上一根头发也不留,敢于直面太阳,敢于正视人生,敢于怒吼险恶。"世界上没有诗人,就没有率真。"诗华兄绝对率真,绝对硬气,不说他始终光亮的头颅,不说他夏日不穿袜子的双脚,也不说他肩膀上风车一样的大洞,只说蔡诗华兄和他一摞摞的诗集,我曾这样感叹过:"诗华,就是诗人的精华,诗歌就是诗华兄的生命,蔡诗华兄的口吃都是诗。"是的,诗华兄就是这样一位永远执着、百折不挠的歌者,无论环境多么恶劣,无论岁月如何流逝。在诗歌的天空中,他如飞沙走石,如漫漫狼烟,更像是赤脚大仙,一直在忘我的天空中战斗。

不过,对于诗华兄的诗,我还要说几句,也许是诗华兄不愿听,或者听了也不改的话,正如他对诗的执着。恩格斯在致玛·哈克奈斯的信中说:"作者的见解愈隐蔽,对艺术作品来说就愈好。"恩格斯的这一论断,道出了一条重要的艺术规律:艺术作品不应像一般文章那样直接道出题旨,而是要讲究含蓄,作者在进行艺术创作时,必须把自己的见解深藏在艺术形象的背后,做到"意不浅露,语不穷尽,句中有余味,篇中有余意"。实实在在地说,不能萝卜拔了不洗泥,也不能刻到篮子里都是菜,诗贵在含蓄、形象、凝练,富有意境和韵味,而诗华兄的诗在表现手法上还是单一了些,有些诗太直白,太口号和标语化,如"在北风呼号的夜晚号啕大哭的妇人,是男人就要去战斗,有时要做呼啸的子弹,有时更需要四两拨千斤的巧劲。"更深的理论和更多的道理我说不出来,我比较赞赏丁概然老师的观点,在此摘录下来,并与蔡诗华兄交流共勉,愿蔡诗华兄从中体会到一点东西:"诗的流传法则是以诗存诗,不以人的'本事'存诗。诗是现实主义和浪漫主义结合的,不是泥实主义。诗是腾龙飞凤,不是走兽爬虫,诗应天马行空,不能是泥巴狗。新诗要有诗眼警句,不能平铺直叙,诗不能趴在地上,诗要立起来。"

今年8月8日,蔡诗华兄通知我参加在圆明园搞的荷花诗会,我又见到了他。他着一双黑色的老头鞋,穿黑色的短裤和肩膀上开了花的蓝色衬衫。作为《现代邮政》的常务副主编,他一个月至少能挣

5000多，除了还房供，他还做了什么？除了周济家人，还周济他的老师伍传明，周济他的诗。

　　诗华兄曾经是大家公认的战士诗人，虽然建军节这个英雄的节日已经不属于他，但我深信他作为战士诗人的精髓还在，一定会以战士的姿态去战斗，去生存，去发展！

10月,一段幸福的记忆

一

深入季节,深入季节,镰刀向我们靠近,锤头向我们靠近,红色的大地向我们靠近,幸福和收获向我们靠近。

望一望10月的锤头,我们信心百倍;摸一摸10月的镰刀,我们丰收在望。

欢乐与憧憬正温暖着我们,幸福与爱意正萦绕着我们。每一年每一天的每一秒,我们都渴望着,渴望着把我们最灿烂的青春献给醉人的10月。

用青春的全部韶华捧出一个幸福的10月,一段青春年少的记忆,一段充满希望的记忆,一段永远铭记在历史上的记忆。

二

沉甸甸的稻谷向您微笑,蔚蓝色的天空向您招手,大地捧给您最真诚的底料,枣树、山楂和石榴树献给您心灵深处最纯美的乐章,所有的丰收都围绕您次第开放。

您,我们伟大的祖国!

周口店里有您的脚窝,五代十国里有您的婆娑,四大发明是您智慧的拼搏,乘着汉唐的雄风,还有《诗经》《离骚》的咏叹,您爬过5000年的沟沟坎坎和波澜壮阔。黄土高原是您挺起的胸膛,巍巍泰山是您昂扬的头颅,长江黄河是您沸腾的热血!

您,可爱的祖国!

您是睡醒的雄狮,您是昂首的雄鸡,您是冲天的巨龙,您是13万万人民绘出的天底下最壮美的图画。

三

13万万人长成一片片叶子,做一朵向日的葵花,开在您960万平方公里辽阔的大地上。

13万万人站成一个圆圈,做成一个大大的蛋糕,双手合十,祝福您,我们伟大的祖国!

冲破金融危机的迷雾,穿过种种封锁和桎梏,伟大的祖国您正又一次一步步长成世界的巨人。香港澳门陆续回归,第29届奥运会催开了51朵幸福的花朵,飞船翱翔太空,牛郎织女正忙着接待工作。

10月,10月,你日夜扶摇着我的诗歌,温暖着我的心窝。10月,10月,我用我40年的风华写成一句话:要活就活一万年,要生就生在伟大的中国。

长征不休

2012年5月6日至12日,我有幸受邀参加了北京作协组织的赴四川采风活动。

采风活动中,有一项重要内容是参观红军飞夺泸定桥纪念馆,瞻仰泸定桥。在毛泽东主席《在延安文艺座谈会上的讲话》发表七十周年之际,在全党全国人民深入贯彻落实十七届六中全会精神的大背景下,北京作协为什么要组织这样一次活动?这次采风活动,为什么要由作协党组书记程惠民亲自带队?这是一次文学活动,还是一次党建活动?一连串的疑问,深深地嵌入了我采风的全过程。

出成都西行,318国道似盘在山间的一条巨龙,蓝色的中巴在巨龙身上滑行,刘师傅摆弄着车子像在杂耍,时而超车,时而鸣笛。公路绕河而建,我坐在车上,有些新奇,有些快意,惊奇于两岸陡险的山崖,惊艳于披挂在山石上的浓绿的植被,更惊叹于路边三三两两的"朝圣者",他们为了自己心中的梦想,骑着自行车,车的后座上驮着衣食住的物件,在风雨中,在货车、客车和小轿车的缝隙中艰难地骑行。

我想,我们也是朝圣者,在阳光丽日下,正朝着我们心中的圣地——红军飞夺泸定桥纪念碑进发。

车子穿过二郎山隧道,仿佛一下子换了一个季节,从绿树浓密的夏季一下子到了萧瑟凄凉的秋季,再没有高大茂密的植被了,山上全是些不高的灌木和发黄的野草。泸定县就坐落在二郎山的山脚下,泸定县是不知名的小县，泸定桥的名声却如雷贯耳，被誉为"东环泸水三千里，西出盐关第一桥"。它的出名，不仅因为这两句诗，更因为我在小学学的一篇语文课文《飞夺泸定桥》。康熙皇帝为了解决汉区通往藏区道路上的梗阻，下令修建的大渡河上的第一座桥梁，就是这座泸定桥。这座桥1705年开始修建，1706年建成，康熙皇帝赐名为"泸定桥"，意思是说，泸河一带安定了，并御笔亲书"泸定桥"三个大字。从此，泸定铁索桥便成为连接藏汉交通的纽带，成为藏汉民族友谊的见证。康熙皇帝的御碑"泸定桥"似一座山神，至今威风凛凛地站立在桥头上。

2012年5月8日16时许，在长途跋涉七个小时后，我们一行16人来到了气势恢宏的红军飞夺泸定桥纪念馆。纪念馆的外观造型独特，融合了川西民居、藏式建筑、明清古建筑的元素，与纪念碑公园大门、红军飞夺泸定桥纪念碑形成了一条延伸的红色文化中轴线。纪念馆屋顶模拟天安门城楼，寓意"十三根光秃秃的铁链托起了共和国"。

穿过一扇伸缩的不锈钢制自动门后，首先映入眼帘的是雄伟的红军飞夺泸定桥纪念碑。碑体的前面两侧是22勇士的雕塑头像。碑体为铁索抽象的几何体造型，象征了泸定桥的铁索。碑体上隐约可以看到5·29的字样，表示1935年5月29日红军22勇士飞夺泸定桥的英雄壮举。碑的侧面造型是一支凌空发射的手枪，象征着红军艰苦卓绝的伟大征程。

随着讲解员生动的讲解，我们仿佛进入了那战火纷飞的年代。1935年5月27日，飞夺泸定桥的先头部队红四团受领任务后，在团长黄开湘、政委杨成武的带领下，紧急开进，一边走，一边消灭沿途的敌人，第二天强行军240里，按时赶到泸定桥，并组织22人的突击队，顶着对岸敌人的火力封锁，在铁索桥上边铺门板，边射击前进。经过两个多小时的激战，奇绝惊险地夺取了泸定桥战役的胜利，摧毁了蒋介石把毛泽东变成第二个石达开的妄想，谱写了红军长征中最壮丽的篇章。1962年4月，毛泽东写下了"大渡桥横铁索寒"的诗句。1984年5月，美国人哈里森·索尔兹伯里写道："在长征中，没有一次战斗可以同飞夺泸定桥相比拟,我为飞越大渡河以及赢得这一胜利的红军男女战士欢呼!"

我边听讲解,边思考,红军在极端困苦的情况下,一夜强行军120公里,冒着子弹、炮弹和随时掉进大渡河淹死的危险,夺下泸定桥,当年的革命先驱这样拼命为了谁?为了什么?当代的共产党员还有没有这种意志、品质和精神?我们北京的作家能不能发扬敢于拼搏、不怕牺牲的精神,搞好创作?作为一个党员、一个作家,在落实十七届六中全会精神的大背景下,应当做什么?如何做?

过几天,就是毛泽东主席在延安文艺座谈会上发表讲话七十周年。讲话中,毛泽东主席对当时文艺发展道路上遇到的理论和实践问题进行了深入的剖析,提出并解决了一系列带有根本性的理论问题和政策问题,明确提出了文艺为工农兵服务的方针,强调文艺工作者必须到群众中去、到火热的斗争中去,熟悉工农兵,转变立足点,为革命事业做积极贡献。他说,"为什么人的问题,是一个根本的问题,原则的问题","我们的文学艺术都是为人民大众的,首先是为工农兵的,为工农兵而创作,为工农兵所利用的"。《在延安文艺座谈会上的讲话》,对于当前的一些作家有着深刻的指导意义。作为一名真正的作家,一名党的旗帜下的作家,必须抛弃小我,抛弃无病呻吟,抛弃感官刺激,深入到广大人民群众中间,反映他们的心声,反映他们波澜壮阔的新生活,为中华民族的繁荣与发展树碑立传、增添文学形象。

参观纪念馆的最后一项内容,是给红军飞夺泸定桥纪念馆赠书。我给纪念馆赠送了两本书,一本是出版不久的长篇小说《警察日记》,一本是记录军旅生涯一步一动的散文随笔集《军旅羽片》。在《警察日记》的赠书扉页上,我写道"为警之道为民",意思是说,民为警察之本,作为一名人民警察,最根本的是要全心全意为人民服务。在《军旅羽片》第一页上,我这样写了赠言:"军旅万岁,长征不休。"我想说的是,军旅生活是我永恒的记忆,我要坚持退伍而不褪色,离开泸定桥而不忘红军飞夺泸定桥的精神,永远记住革命先烈的意志、品质和作风,努力克服自己的惰性,永远战斗下去,长征不休。

是的，长征不休，长征不休！对于我自己，对于我们这个军队，对于人民的政党，对于我们这个民族来说，永远长征，只有起点，没有终点，永无休止，都是至关重要的。

明白了，我终于明白了，程惠民书记的带队，不只体现了北京作协对这次采风活动的重视，还有着更深的寓意，它是一种象征，一种体现，一种养分和钙质的补充。我们这些作家一定要凝聚在党的旗帜下，真正扑下身子，深入到火热的生活当中，在毛泽东延安文艺座谈会讲话的指引下，在十七届六中全会的鼓舞下，发扬红军飞夺泸定桥的精神和意志，开始文学创作新的长征，解决好立场、态度、工作对象和学习问题，反映我们这个伟大的时代，为北京文学的繁荣与发展做出新的贡献。

我以我笔写我心

——我与我的长篇小说《警察日记》

2006年3月,部队同意我转业的那天上午,在政委张双战的办公室里,我呜呜地哭起来。"哭什么哭!"我老婆听说后,眼睛一瞪,"转业是你自己申请的,男人有泪不轻弹,说走,在刀尖上爬也要走!"

为什么哭,哭什么,我不知道,只知道当时泪珠子噼里啪啦地往下掉,溅到了地上,渗进了衣服和地板里。接下来的事情,就是我转业进入了首都公安队伍。朋友们,特别是一些已经转业的战友,听说我转业后当了警察,都是一脸的疑惑:当了19年武警还没有被人管够?

真正开始了解一线警察,是在2008年北京奥运会前夕,分局领导安排我采访成立近1周年的天通苑派出所。天通苑社区,派出所里有不少和我一样从现役部队转业的战友,我与他们同吃同住同执勤近1个月的时间。我从他们身上体会到了警察的苦与累,亲身体会了警察战友的辛酸与付出,了解了军转警察这个特殊群体的种种困惑与无奈,同时也感受到了他们的期待。

距离北京奥运会开幕100天时,我所在的分局组织了一场报告会,其中一名报告人名叫武刚,也是一名军转警察。在部队时,他是团后勤处的副处长,转业后,退伍不褪色,依然保持部队时那种敢打敢拼的斗志，不怕累，敢较真，敢碰硬，不仅制伏了一些"小霸王""小混混"，还把市里挂账的乱村——回龙观村管理得井井有条，深得百姓和分局领导的好评。就是这样一个工作起来不要命的军转警察，大脑中却有两块囊肿，医生劝他住院治疗，他却坚持要等奥运安保任务完成之后再说！坐在台下的我，被他深深打动了。

2009年7月7日，我被调到北京市公安局人口管理处之后，因工作的原因，几乎每天都要与社区民警打交道。每年被表彰的北京十佳社区民警中都有军转警察，在北京警界大名鼎鼎的杨秀奇、李国福、张宏、张军、于选娜等社区民警都是军转警察，就连我们的局长傅政华也当过兵！

2010年4月7日《新京报》报道：3月20日，海淀分局甘家口派出所民警左利军在单位猝死，年仅41岁。3月10日，东城分局外勤民警，44岁的王耀亮突发急性脑出血病倒。3月4日，34岁的密云区公安局城关派出所警长姜子军猝死办公室。北京民警健康"红灯"频亮。数据显示，北京市2008年有7名民警猝死，2009年有3名民警猝死。东城分局民警王耀亮突发急性脑出血病倒前，在岗位上坚持工作两个星期没有休息。城关派出所警长姜子军猝死办公室前，连续工作40小时。北京市公安局某分局2009年体检报告显示，共4000余名民警接受体检，其中只有22.8%的民警达到健康标准。各类慢性病患病人数呈逐年上升趋势，且发病年龄越来越低……看到这些，作为北京市公安文联副秘书长的我，总想为我的战友，特别是当过兵的警察弟兄写点什么。决定写一部关于军转社区民警的长篇小说之后，我就把自己的全部业余时间都投入到了小说的创作当中。老婆体弱多病，我不管；孩子小升初、参加中考，我不管；年过八旬的老母，住在山东老家的哥嫂家里，我几个月不打一次电话。我把我所有想表达的都宣泄在纸上，趴在自家餐桌上玩命地写。闻着残留在桌上的油、盐、酱、醋、大料和花椒的味道，没有一分钱的加班费，没有任何人的鼓励和支持，只有不断的感动和创作冲动，渴了喝一口白开水，饿了吃一包方便面，困了趴在桌上闭一会儿眼睛，就连大年三十晚上我都没有停下手中的笔。

每一张百姓幸福的笑脸背后，都有着民警日夜守护操劳的辛酸、泪水甚至早逝的生命。完成手稿之后，我就开始了电脑上的操作。我边打字边修改，边修改边流泪，听着电脑风扇呼呼运转的声音，按着发麻的双臂和隐隐作痛的颈椎，常常发出这样的感慨：有了他们，有了这些军转民警们静默而又高贵的灵魂，我们的生活才不会绝望，才有了对理想的追求。警帽之上银色的警徽，高悬于蓝色的警服之上，高悬于纯洁的心灵之上，正如他们双目发出的炯炯之光。前半生为了祖国的国防事业，奉献了青春，奉献了与家人团聚的好时光，在生命之烛燃至一半的时候，又选择了"天天在牺牲、时时在流血"的警察人生，用生命作火把，照亮了人们心中的公平与正义，用鲜血作底色，呵护着960万平方公里上的民生与民情！

我们中的许多战友正以流星般的速度，消耗着自己个体的生命……闪亮的警徽是他们生命的微笑，蓝色的警服是他们心中朗朗的晴空，衣领上的警花是他们前行的灯塔和坐标！敬礼，社区民警！敬礼，人民警察！敬礼，为我们这个国家和民族做出巨大牺牲和奉献的人们！

小说说什么

——浅谈自己的小说创作

我业余时间放弃诗歌专事小说创作已经整整7个年头。这7年里，无论是春花芬芳、夏荷田田，抑或是秋阳高爽、白雪皑皑，我都在思考着什么是小说、小说应该怎么写。这7年里，我进了为期4个月的鲁迅文学院文学研修班，经历了为期2年的北京市职工文学业余学习班，也常常利用周末的时间像小学生一样背起书包到中国现代文学馆和东城图书馆听文学讲座。

许多老师说过，作为一名作家终究是要靠作品说话的。这句话，我深信着，也努力地践行着。7年里，我创作了3部长篇，20多个短篇，写写停停，停停写写。这种停与写，绝对不是三天打鱼两天晒网，也不是打一枪换一个地方的游击战，而是打一仗进一步，在战争中学习战争，在小说创作中学习小说创作。更具体一点就是写一年的长篇，再写一年的短篇。写短篇的时候，既思索上一年长篇的不足，也思考今年短篇的短处。坚持问题导向，几经周折，反复思考，深入实践，也慢慢地琢磨出了一些写小说的道道来。归纳整理如下，与同道分享。

写小说，首先要弄清什么是小说。小说为什么叫小说，为什么不叫大说，小说与大说有什么区别？这些曾经困扰了我一段时间，也曾经使我煞费苦心地想来想去。在鲁迅文学院研修期间，李敬泽老师授课时的第一句话说的就是小说为什么不是大说,我印象深刻。其实,关于这个问题早有定论,只是自己疏于学习或者说才疏学浅罢了。汉代的班固在他修订的《汉书·艺文志》里说:"小说家者流,盖出于稗官;街谈巷语,道听途说者之所造也。"不过,小说在近现代被一些政治家扩大化了也是事实,如被维新派领袖梁启超奉为"国民之魂""正史之根"等等,像我这样的40岁以上的人,在这方面大都受过较深的影响。作为一名真正的文学爱好者,一个小说的创作者,对什么是小说,在概念上正本清源是十分必要的,这也应当是小说创作的基础。我认为,小说就是小说,至于被拿去做什么用,那是读者的事情。诚如新婚夫妻买了一把刀,本来是用来切菜的,却被妻子或者丈夫当成了杀死对方的凶器,那是后来的事情了,不是当初买切菜刀的本意。写小说也是这样。小说不是新闻联播,不是广而告之,不是命令指示,也不是布告通告,更不是御用工具。"琐屑之言""浅识小道"正是小说之所以是小说的本来含义。在英语中,"小说"(fiction)一词的意思是虚构,是指虚构的或想象出的事情,或者说是指不真实的事情。"fiction"一词说明了小说的本质,更说明了小说的出处,就像说孙悟空是从石头缝里蹦出来的一样。小说是虚构的艺术,是想象的艺术,是站在地面上看空中飞翔的飞机,是站在原野上看空中成群的大雁的"人"字形雁阵。至于想象和虚构的水平如何,那要看作者写小说的功力了。小说作者虚构的功力与自己的遗传基因、经历阅历、知识水平和阅读的书目有关。

还有一个就是小说之所以称其为小说,重在小说中有细节。鲁迅的《阿Q正传》中有这样一个细节令我终生难忘。这个细节就是阿Q在临刑前画圆圈的样子:"阿Q伏下去,使尽了平生的力气画圆圈。他生怕被人笑话,立志要画得圆,但这可恶的笔不但很沉重,并且不听话,刚刚一抖一抖的几乎要合缝,却又向外一耸,画成瓜子模样了。"正常情况下,即使没有看过《阿Q正传》全文,不知道阿Q是个什么样的人,单就这一细节我们就可以想象出阿Q的麻木无知、死要面子活受罪的模样。在鲁迅文学院学习期间,我的班主任王冰老师，对于我的小说曾经说过这样一段话："在公安系统工作的作家们大部分是情节写得好，也就是说，他们把人物之间的相互关系、人与环境间的矛盾冲突以及产生的一系列生活事件发生、发展，直至解决的整个过程写得荡气回肠、悬念迭出，而许震你的小说却不一样，你的小说更注重情节中的细节描写，有一种很真实的感觉，让人觉得很可信、可靠，不知不觉引人入胜。"他在评价我的长篇小说《警察日记》时这样写道："作家在创作时的落点是不同的，不同的落点在某种程度上决定了一部作品的面貌。许震的小说将自己创作的落点放在了错落斑驳的日常生活中，于是他笔下的人物一下就掉进了作者精心设计的日常生活的琐碎中去，由此使他的作品交缠在生活的巨大反差中，浸染着生活的多种色彩。同时，当许震将小说的主人公抛到起起落落的繁琐日子中的时候，他也将自己的作品推进了一个进退两难的困境中，但许震有处理好这些困境的能力，他用真实感尤其强烈的日记形式来描摹生活的反差和无奈，如此，这部作品便有了强烈的现实感和真实感。因此，许震的写作应该是刻骨的。"我认为，为人诚恳、学识渊博的王冰老师说的、写的都是大实话，我也认为自己坚持的小说创作的路线方针政策是十分正确的。

　　小说说什么？凡是思维正常的人，不论你稳坐高位，拥有万贯家财，还是一介草民，上无片瓦下无立锥之地，都有对这个世界的认识。世界上没有完全相同的两片树叶，人不能两次踏入同一条河流。就拿我自己来说，在山东和山西时的我，青春年少，意气风发，而在北京，随着雾霾天气的增多，自己也增加了不少暮气，渐入中年。每一位写作者，都有着对这个世界强烈的说话的愿望，不说就不舒服，不说就难以成眠。说什么或者写什么，自己的需要绝对是第一需要，是唯一的前提。我想，每一位写作者都应该是"话痨"，大部分不是挂在嘴上而是写在纸上，少部分是既挂在嘴上也写在纸上。我本人是碰见谈得来的朋友就挂在嘴上，碰见不想说话的人就写在纸上。

　　小说必须要说自己的，要写自己的独特的生活体验。不要像写公文那样为工作去写，按领导的要求去写，为自己的生存去写。也不像写新闻那样，为爆料去写，为"人咬狗"去写，为五斗米去写。小说就是要言为心声，就是要想写什么就写什么，不用看领导的脸色，不用顾及别人的感受，不用考虑所谓的社会责任，揭最痛的伤疤，扇最响亮的耳光，说自己最想说的话。至于出版或者发表那是后话，可以现在出版或者发表，也可以将来出版或者发表，甚至一辈子都不出版和发表。至于死后是否出版或者发表，那不是自己说了算的事情。是否出版和发表，小了说，看自己有没有闲钱，需不需要出版，或者看出版社、出版商对作品的态度，他们能不能从作品的销售中挣到钱；大了说，要看社会环境需不需要，有没有违反相关规定和法律。我认为，作为一名写作者，他人或者社会需要不需要是次要的，自己的需要是最主要的，就是自己对这个世界有话要说，要像写日记一样去创作。靠写小说去挣钱或者养家糊口，那不是一般小说作者能做到的事情，是个别人的事情。

小说说自己的，就是要说自己的话，用自己的语言去写作。在鲁迅文学院研修时，刘庆邦老师讲过牛尾巴一挑，屁眼里涌现了一摊摊牛屎的事，与我们常说的英雄人物如雨后春笋般涌现相比，这句话就有了他的特色。每个人最初的那些话，都是从爹娘那里学来的。爹都是同一个爹，娘都是一个娘，但是彼此出生时的家庭和社会环境不同。龙生九子，九子各不同。不同的环境要有不同的表达。自己的创作要由自己说了算，要用自己的话说自己的事，要用最恰当的最贴切的词语描写或者是叙述自己的所见所闻、所思所想。笔者认为，语言越独特自我，形象就会越生动，给读者留下的印象就会越深，作品就越有被写入文学史的价值。

小说说自己的，就是要写自己熟悉的领域。黄河长江有不同的流域，每个人都有不同的生命轨迹。工人有做工的经验，农民有种地的经验，军人有摸枪的经验。在文学创作上，用不着羡慕谁。不同的年代有不同的特点，不同的人有不同的人生。如果没有指定的写作计划，用不着去所谓的采风或者体验生活，因为每个人本身就在生活之中。如果没有特定的任务去采风，那是旅游。如果花的是公款，常常是腐败行为。从20世纪90年代初起，我结合自己的工作、生活经历，先后出版和发表了一些不同的作品，最有代表性的还是我的长篇小说《警察日记》。《警察日记》写的是军队转业干部这个特殊群体在公安系统工作的事情。正是因为我有着先当兵后当警察的经历，我才写出了这样的作品。